'좋은 어른 역할'의 중요성

이 청소년소설은 앞만 보며 충동적으로 내달리는 청소년을 따뜻한 시선으로 보듬어주고 잘 이끌어 줄 수 있는 '좋은 어른 역할'의 중요성에 대해 우리가 한 번 생각해 봤으면 하는 마음에서 시작되었다.

좋은 어른의 '너를 믿는다!', '너도 할 수 있어!'라는 말 한 마디. 그리고 어깨를 가만가만 토닥여주는 손길은 어디로 튈지 모르는 청소년의 인생을 바꿔놓기도 한다.

미국 배우 톰 크루즈는 '난독증'을 극복한 사람으로 잘 알려져 있으며, 그는 7살에 그 병의 진단을 받았다. 난독증은 지능에는 이상이 없지만, 읽는 능력에 장애가 있어 글을 이해하는 데에 어려움이 있는 증세를 말한다.

그가 고등학교 1학년이었을 때 선생님이 수업 중 그에게 책을 읽게 했는데, 난독증인 그의 입에서는 말이 안 되는 단어들만 줄줄 흘러나왔다. 하지만 선생님은 그 자리에서 그를 나무라지 않고 "너는 목소리가 참 좋구나!"라며 그의 장점을 찾아 내 들려 준 말이 그의 인생에 커다란 영향을 미친 것이다.

그는 그 이후 용기를 내, 교과서를 모두 외웠으며 배우생활을 하면서는 다른 사람이 읽어주는 대본을 통째로 암기해 연기에 임하면서 성공적인 배우로 거듭난 것으로 유명하다.

이렇게 교사나 가족이나 주변의 '좋은 어른'의 관심어린 따뜻한 말 한 마디가 한 사람의 인생을 바꾼 사례는 참으로 많다.

그런 좋은 어른들이 자칫 궤도에서 이탈할 수도 있는 심각한 위기에 처한 청소년을 계도할 시기를 놓치지 않기를, 그들의 마음을 얻는 데 너무 늦지 않기를 바라는 간절한 소망을 이 소설에 담아 보았다.

이 소설은 '고장 난 폭주 기관차'처럼 더 망가지기 위해 정신없이 어디론가 달려 나가는 중2 가온에 관한 이야기다. 가온은 폭력적이고 위압적인 아빠의 무관심과 방임에 맞서며 가출을 감행하고 절도를 저지른다. 하지만 그 마음속에서는 누군가가 손을 잡아주길, 따뜻하게 감싸주길 원하고 있다.

우리가 귀 기울인다면, 한 번 더 세심히 들여다본다면, 그 소리와 그 마음에 가 닿을 수 있을 것이다.

2022년 9월

청소년문학가 한은희

한은희 청소년소설
크라잉 타임

다른 사람의 행복이 나의 불행

"아빠는 요즘 어떠셔?"

나도 모르게 한숨이 폭 나왔다.

"그냥 그래요."

"새엄마는?"

눈을 들어 밖을 봤다. 2층인 이곳에서는 창밖에 선 키 큰 가로수들이 훤히 보인다. 이제 막 울긋불긋 단풍이 들기 시작한 느티나무 잎사귀들에 눈이 다 시리다. 와락 콧날이 시큰해진다.

"……."

선생님이 다른 질문으로 넘어갔다.

"공부는 꾸준히 하고 있는 거지?"

나는 학교에 다니지 않는다. 이른바 학교 밖 청소년이다. 작년에, 그러니까 중학교 2학년 1학기를 다니다가 자퇴했다. 그래서 지금은 중졸 검정고시 공부를 하고 있다.

그런데 그게 쉽지가 않다. 혼자서 하는 공부라 계획표대로 되지 않는다. 자꾸 모르는 게 불쑥불쑥 튀어나와 진도가 잘 안 나가는 거다. 그러다 보니 어떤 날은 맹탕으로 하루를 날려버리기도 한다.

"예, 하고는 있는데요. 잘 안 돼요."

선생님이 싱긋 웃으며 몸을 앞으로 기울이고 내 눈을 골똘히 들여다봤다. 순간 숨이 턱 막혀왔다. 왠지 모르지만 선생님은 내 마음을, 내 머릿속을 죄 읽고 있을 거 같다.

'선생님마저 날 이상한 애로 여기면 안 되는데….'

나는 선생님 눈길을 피해 손거스러미를 떼어냈다. 안 떨어지는 걸 억지로 뗐더니 금세 피가 퐁퐁 났다.

선생님이 일어나 비상약함을 들고 왔다. 그러고는 소독약을 바르고 나서 밴드를 발라줬다.

"억지로 떼고 그러지 마. 웬만하면 이런 건 손톱깎이로 잘라내는 게 좋아."

선생님은 명예보호관찰관이다. 비행을 저질러 보호관찰 처분을 받은 청소년인 나를 매달 한두 번씩 만나 면담하고 지도하는 일을 한다.

내가 저지른 비행은 절도다. 야간에 편의점에 들어가 물건을 훔쳐가지고 나왔다가 붙잡혀 보호관찰 처분을 받게 되었고, 명예 보호관찰관인 선생님과 결연을 맺어 보호관찰을 받고 있다.

무더위가 시작되던 6월 보호관찰이 시작되었는데, 처음에는 선생님이 우리집으로 나를 만나러 왔었다. 그러다가 두 달 전부터는 내가 선생님 학원으로 가 상담을 받고 있다. 선생님은 학원 원장이고 수학 과목은 직접 강의를 한다.

비상약함을 제자리에 갖다놓고 돌아온 선생님이 내 옆자리로 와서 앉았다.

"그럼 잘 안 되는 데가 어딘지 한 번 볼까?"

선생님의 이 말은 상담은 이걸로 끝났으니 공부를 도와주겠다는 말이다. 선생님은 내가 선생님 학원으로 오면서부터 내 중졸 검정고시 과목 중 수학과목을 가르쳐 주고 있다.

나는 백팩에서 수학 문제집 두 권을 꺼냈다.

"근데 좀 많아요."

문제집 중간중간 포스트잇이 수두룩 붙어 있는 걸 본 선생님 눈이 커다래졌다.

"오, 우리 가온이 진짜 그동안 열공했네."

가슴이 북받쳐 오른다. '우·리·가·온', 엄마가 그렇게 느닷없이 내 곁을 떠난 이후 처음 듣는 말이다. 어떤 어른도, 심지어

내 아빠라는 사람조차 나를 그렇게 부르지 않는다.

'우리 가온이~.'

가슴 저 밑바닥에서부터 울컥 올라오는 감동을 감추려고 크게 웃어보였다.

"헤헷~."

선생님이 그런 내 어깨에 팔을 두르더니 살며시 껴안으며 말했다.

"잘 했어. 아주 잘 하고 있는 거야."

상담과 공부가 끝나자 선생님은 나를 패밀리 레스토랑에 데려왔다. 내 생일이 며칠 뒤인데, 그날에는 나를 따로 만날 수 없으니 미리 축하해 주겠다며 여기로 데리고 온 거다.

다섯 시가 조금 넘었을 뿐인데도 벌써부터 빈 테이블이 거의 없고, 사람들의 열기가 후끈하게 느껴져 얼떨떨하기만 하다. 마치 나하고는 딴 세상에 사는 사람들처럼 보인다.

선생님이 메뉴판을 줬다.

"뭘 시키는 게 좋을까? 가온이가 결정해."

어리둥절하긴 매한가지. 메뉴판을 앞뒤로 뒤적거려 보지만 뭘 시켜야 할지 정말 모르겠다. 음식 종류도 너무 많고 가격도 비싸보여 내가 결정하기에는 무리인 거 같다. 나는 메뉴판을 선생님에게 되넘겼다.

"저는 잘 모르겠어요."

선생님이 웃으며 주문지에다가 '고르곤졸라 피자, 빠네 크림 파스타, 씨푸드 리조또'를 적어 건네자 직원이 들고 갔다.

그때 세 살 정도로 보이는 남자 아기가 어디선가 걸어와 나를 빤히 올려다봤다. 두툼한 엉덩이를 보니 아직 기저귀를 떼지 못한 아기다. 아기는 포크에 꽂혀 있는 작은 피자 조각을 불쑥 내밀었다.

"먹어."

잘못 들었나, 했다. 하지만 내게 먹으라고 주는 게 확실했다. 나는 당황해 아기 보호자를 찾아 홀 안을 두리번거렸다. 마침 엄마로 보이는 젊은 여자가 달려와 아기를 안아 올리며 머리를 조아렸다.

"미안해요, 학생."

"괜찮아요."

아기는 홀 안쪽으로 한 테이블 건너 테이블로 돌아가서도 연신 나를 봤다. 나의 무언가가 아기를 잠시 사로잡은 거 같은데 싫지는 않다. 나는 아기에게 살짝 손을 흔들어 보였다. 그러자 아기도 손을 마주 흔들었다. 고맙게도 건치 미소까지 함께 쏘아줬다.

그러고 보니 홀 안에 있는 테이블의 반 이상은 가족끼리 온 사람들이다. 그 외에는 친구 끼리 거나 동료끼리 온 사람들이고.

"밖은 벌써 어둠이 내리기 시작했네."

돌아보니 선생님은 창밖 거리 풍경을 보고 있다. 상가 간판들이 네온사인을 켜고, 그 상가들마다 홀 안이 불빛으로 점점 환해지고 있었다.

"맞네요."

자연스레 옆 테이블이 시야에 들어왔다. 내 눈길이 신경 쓰였는지 내 또래로 보이는 여자아이가 나를 흘깃 봤다. 오빠하고 부모님이랑 온 아이인데, 내가 눈길을 거두자 그 아이도 다른 데를 봤다.

참 부러운 아이다. 저런 친절한 부모 슬하에 태어난 저 애는 전생에 무슨 큰일을 했기에 나와는 다른 삶을 살고 있을까. 자신과 붕어빵처럼 빼닮은 오빠도 상냥해 보인다.

이상도 하다. 몸이 커지고 생각이 자라날수록 자꾸 다른 사람의 행복이 나의 불행을 절감하게 만든다. 이러면 안 되는데….

'못 났다. 진짜 못 났어.'

내가 슬픈 표정을 짓고 있었나 보다.

언제 자리를 떴는지 선생님이 사이다 두 잔을 뽑아와 내 앞으로 하나를 내려놓으며 말했다.

"여기 오니까 엄마랑 이런 데 갔던 게 떠오르지?"

선생님은 나를 잘 모른다. 내가 어떤 환경에서 살았는지, 어떤 대우를 받으며 컸는지 말이다. 상담 중에 선생님이 뭔가를 물어도 나는 거의 '예', '아니오' 수준의 대답만을 해 왔으니까. 그런 단

답형으로 말할 수 없는 때에는 아예 입을 꾹 다물어버렸었다.

선생님이 나에게 어떤 도움이든 주려고 그런 질문을 던진다는 걸 모르는 게 아니다. 내게 큰 호감을 가지고 있다는 거도 안다. 그러나 좋든 싫든 내 가족에 관한 일이라 말하는 게 불편하고 꺼려져서 그랬다.

그래서 선생님의 질문에 '이런 데는 첨인데요.' 하고 실토하려니 얼굴부터 빨개지고 만다. 괜히 사레들린 사람처럼 연달아 기침까지 나왔다.

선생님이 눈을 동그랗게 뜨고 사과부터 했다.

"가온아, 미안해. 그렇게 곤란한 질문인 줄 몰랐어."

나는 두 손을 절레절레 내저었다.

"아녜요, 그런 거."

"그렇다면 다행이다만."

"이런 데 태어나서 처음 와 봤어요. 엄마가 살아계실 때도 우리 가족은 이런 델 온 적이 없었거든요."

아빠는 외식을 싫어한다. 밥은 집에서 먹어야 한다는 게 아빠의 지론이다. 그런 아빠를 위해 엄마는 늘 장을 봐 와 한 끼도 빠짐없이 밥을 지었다. 그래서 엄마와 나의 외식은 아빠가 없을 때 이따금 치킨이나 피자를 시켜 먹었던 게 전부였다.

그리고 엄마가 늘 아팠던 것도 한 가지 이유가 됐다. 엄마는 매일 틀에 짜인 일들을 해내는 것만으로도 벅찬 사람이었다. 더 이상을 바라는 건 죄악으로 느껴질 만큼 내 눈에 비치는 엄마는 허약해 보였다.

선생님은 입술을 꼭 깨물었다. 그러고는 마음이 편치 않은지 고개를 갸웃갸웃했다.

"그렇구나…."

마침 직원이 음식을 들고 왔다. 선생님 표정이 조금 밝아졌다. 나도 다행이다, 싶었다. 직원이 가고 나자 선생님이 피자를 한 조각 내 접시에 담아 주고 리조또도 내 앞으로 밀어주었다. 선생님은 파스타를 접시로 덜어갔다.

"먹자, 어서."

선생님이 먼저 드시는 걸 보고 나도 피자를 한 입 베어 물었다. 고소하고 불 냄새 가득한 피자 한 토막이 입안에서 순식 되는 느낌이다. 몇 입 안 베물었는데 금방 한 조각이 거짓말처럼 사라지고 없다. 나를 보고 있던 선생님이 재빨리 다른 한 조각을 덜어 놓아 주었다.

선생님이 안쓰럽게 바라보다가 조심스레 물었다.

"엄마는 아프셨으니까 그렇다치고, 그럼 아빠는 왜 가족을 데리고 외식을 안 나가신 거야?"

"아빤 엄마랑 나를 가족으로 여기지 않았어요. 아마 동거인들 정도로 여겼을 걸요. 화풀이를 하거나 아무렇게나 대해도 되는…."

선생님이 충격에 빠진 얼굴로 나를 봤다. 그제야 나는 정신이 번쩍 들어 찔끔 했다. 내가 잠시 정신을 놓고 있었나 보다. 아무리 선생님이 점점 좋아지고 있어도, 이런 너무나도 개인적인 가정사를 이렇게 조심성 없이 드러내 보이다니!

포크를 내려놓고 팔짱을 낀 선생님이 심각한 표정으로 나를 가만히 건너 봤다. 나도 포크를 내려놨다. 나에게서 자책하는 표정을 읽은 선생님이 어깨를 으쓱하며 조금 웃었다.

"아이고, 먹자. 먹어."

우리는 다시 음식에 열중했다. 그렇게 많아 보이던 음식들을 거의 다 먹고 피자 두 조각만 남았을 때 나도 드디어 포크를 내려놓았다. 선생님이 일어나 커피와 코코아차를 가지고 돌아왔다.

따끈한 코코아차가 식도를 데우며 넘어가자 한결 마음이 포근해졌다. 선생님도 천천히 커피를 마시며 기분 좋게 웃었다.

"미술학원도 잘 다니고 있지?"

"예, 선생님 말씀 듣고 다시 시작한 건데 요즘 즐겁게 하고 있어요."

아주 어릴 때부터 나는 그림 그리는 걸 좋아했다. 아픈 엄마 옆에서 내가 온전히 할 수 있는 놀이는 그림 그리기였다. 엄마는 껌딱지처럼 붙어 그림을 그리며 혼자 노는 나를 안타까워하면서도 안심하는 눈치였다.

끊임없이 그리고 또 그리며 놀던 내가 초등학생이 되면서 엄마는 나를 미술학원에 데려갔다. 그림에 소질이 있다는 말을 듣고 난 이후부터는 줄곧 미술학원에 다니게 되었고, 각종 대회에서 상도 많이 받았다.

하지만 엄마가 내 곁을 떠났던 그날 이후 나는 그림 그리기를 멈췄다. 엄마가 옆에 없는데 그림 따위가 무슨 소용이냐는 생각이었고, 그리고 싶은 마음도 전혀 생겨나지 않았었다.

그랬던 내가 그림을 다시 그리고 있다. 선생님을 만나면서부터 그렇게 된 거다. 나의 진로에 대해 이런저런 얘기를 나누다가 내가 미술 특기생이었다는 걸 알게 된 선생님이 적극적으로 권유를 했었다.

"정말 다행이다."

선생님이 뿌듯해하자 나도 덩달아 기분이 좋아진다.

"1년 반 정도 완전히 손을 놨다가 그리는 건데도 이상하게 손이 알아서 저절로 척척 나가는 게 신기해요."

"그래, 그렇게 계속 그려나가면서 네 꿈을 펼치면 되는 거야."

선생님이 커피 잔을 들어 올리며 눈을 찡긋했다. 나도 코코아 잔을 들고 마주보며 고개를 끄덕끄덕했다.

아오, 또 저런다, 또

선생님과 헤어져 집으로 돌아가고 있다. 이른 저녁을 먹었으니 야식이 좀 있어야 한다. 밤 12시까지 버티기엔 저녁식사만으로는 부족하다. 그래서 아파트 입구 빵집에서 빵을 몇 개 샀다.

공동 현관을 들어서는데 숨이 턱 막혀온다. 14층 한 공간에서 나만 기다리고 있을 누군가를 떠올리자, 그대로 뒤돌아 밖으로 달려 나가고 싶은 마음이 간절해진다. 거칠어지는 호흡을 눌러 참으며 엘리베이터를 탔다.

엘리베이터가 14층에서 멈추지 말고 나를 아주 먼 곳으로 데려다줬으면 좋겠다. 아무도 날 찾지 않는 곳으로, 어떤 사람도 날볼 수 없는 곳으로.

'거기가 안드로메다은하라도 괜찮을 거 같은데….'

땡, 하는 도착음에 놀라 죄지은 아이처럼 후다닥 열린 문을 빠져나와 현관 앞에 섰다. 오늘 따라 도어락 번호키가 위협적으로 나를 보고 있다. 이를 악물고 비밀번호를 누르자 견고한 철문이 철컥 열린다.

집안으로 들어서는데 넋을 잃고 소파에 앉아 있던 아줌마가 소스라치게 놀라며 벌떡 일어났다. 무슨 생각엔가 깊이 빠져 내가 누른 번호키 소리를 숫제 못 들은 모양이다.

아줌마는 허둥지둥 부엌으로 가며 말했다.

"왔어? 너 좋아하는 참치찌개 해 줄게. 잠깐만 기다려."

"됐어요."

나는 빵 봉지를 높이 흔들어 보이며 내 방으로 들어와 문을 닫으려고 돌아섰다. 그런데 두 손을 앞으로 다소곳이 모으고 서서 멍하니 나를 바라보고 있는 아줌마가 보였다.

나는 속울음을 꿀꺽 삼켰다.

'아오, 또 저런다, 또!'

출구라곤 없는 옥탑에 갇힌 채 모든 걸 체념한 사람의 눈동자가 거기에 있었다. 가슴이 덜컥 내려앉아 재빨리 문을 닫아버렸다.

'어차피 우린 같이 먹지도 않는데 왜 자꾸 나한테 저래.'

우리 둘, 그러니까 아줌마와 나는 항상 밥을 따로 먹는다. 아줌마가 우리집으로 들어온 날부터 그랬다. 아줌마가 먼저 먹고 나서 밥을 차려놓으면 그때 내가 먹는다. 아빠가 있을 때도 별 문제는 없다. 배가 안 고프다고 하면 아빠는 내 말을 곧이곧대로 듣고 곧바로 신경을 꺼버리니까.

처음에는 어색했는데 이젠 아무렇지도 않다. 오히려 얼굴을 마주하는 시간이 최소화되는 거니, 서로를 위해 더 나은 선택이라고 할 수 있을 거다. 아줌마 생각은 다를 수도 있지만 말이다.

그런데 어쩌다가 오늘 같이 차려주는 밥을 내가 안 먹는 날은 아줌마가 저렇게 신경을 곤두세운다. 그래서 나도 기분이 다운되고 만다.

'아, 짜증나.'

우리 엄마도 저랬거든. 저렇게 우울증이 감기처럼 와서는 차츰 심해지더니 따뜻한 봄날, 꽃이 흐드러지고 노란 햇살이 눈부시게 아름답던 날, 그렇게 가버렸다. 스스로 목숨을 거두어 떠나버린 거다.

엄마는 유독 봄날을 힘겨워했다. 다른 계절에도 우울한 상태였지만 봄을 유달리 못견뎌했다.

날이 풀리면서 새잎이 뾰족뾰족 나기 시작하면 벌써부터 가슴이 터질 듯 답답하다고 했고, 아지랑이까지 아른아른 피어오르면 눈물을 하염없이 쏟아냈었다. 그런 날들에는 깊은 슬픔에 젖어 내가 학교에 가는지 다녀왔는지도 몰랐다. 언제나 나는 엄마가 죽을까 봐 전전긍긍했었다.

빵 봉지를 책상에 내려놓고 침대 위로 털썩 앉았다. 벽에 걸어 놓은 전신 거울 속에서 창백한 한 아이가 나를 쏘아보고 있다. 쇼트커트 스타일에 마른 체형, 박스 티, 중성적인 얼굴.

'내가 봐도 꼭 남자 같아.'

두 손으로 머리카락을 마구 흩트리다가 침대로 벌렁 드러누워 버리는데 문자 도착 알림음이 울렸다.

선생님이 보낸 문자다.

- 잘 갔지? 오늘 너랑 함께한 시간 정말 즐거웠어.

깜짝 놀라 몸을 벌떡 일으켰다. 선생님과는 만날 날짜와 시간을 정하기 위해 서로 문자를 주고받지만, 지금처럼 이런 다정한 문자를 받은 적은 없었다. 가슴이 두근거리는 게 내가 마치 사랑에 빠진 사람이라도 된 거 같다.

즉시 답장을 보냈다.

- 저도요. 저도 너무 즐거웠어요.

다시 문자 하나가 쾌속으로 날아왔다.

- 응, 그럼 하루 잘 마무리하고 다음 달 볼 때까지 파이팅!

나도 광속으로 답장을 했다.

- 고맙습니다, 선생님. 다음에 봬요.

나는 사람을 믿지 않는다. 특히 어른. 어른들은 우리보다 훨씬 거짓말을 많이 한다. 게다가 굳게 믿었던 약속도 손바닥 뒤집듯 뒤집어 버리는 게 그들이다. 그러면서도 우리한테는 '착한 사람'

을 무한 강요한다.

그런데 선생님을 만나면서 '믿을 수 있는 사람도 있네.' '의지하고 싶은 어른도 있네.' 하는 생각을 하게 됐다.

'그만, 스톱!'

너무 나가면 안 된다. 기대가 크면 실망이 크다는 걸 안다.

자, 이제 공부를 해야겠다. 한데, 문제집을 꺼내놓고 보니 해야 할 분량이 장난이 아니라 벌써부터 지친다. 내 몸 속 에너지란 에너지가 모두 방전이라도 돼 버린 기분이다.

선생님의 밝은 에너지에 힘입어 해야 할 분량을 계획표대로 무난히 마쳤다. 몇 시간 동안 끈기 있게 공부한 문제집을 손가락으로 사라락 쓸어보니 뿌듯하다. 새벽 2시가 가까워지고 있다. 이제 자야겠다.

'참, 오늘 아직 아빠가 안 들어왔지?'

문득 그 생각이 들자 서둘러 방에 불부터 껐다. 그러고는 침대로 가서 누웠다. 속히 잠들어버리는 게 좋겠다. 잘못해서 고주망태가 돼 귀가한 아빠와 마주치는 일이라도 생기면 끝이니까.

그리고 보면 한동안 뜸했으니 이제 진상을 부릴 때도 됐다. 그게 다른 사람을 지옥으로 몰아넣는 게 문제지만 말이다. 아줌마는 이 시간에도 조바심을 내며 아빠를 기다리고 있을 거다.

우리 엄마처럼 아줌마도 아빠가 제 시간에 귀가하지 않으면 뜬 눈으로 기다린다. 꾸벅꾸벅 졸면서도 절대 자리에 눕지 않는다. 더구나 몇 시에 들어온다는 기약이 있는 것도 아니고 기약 같은 건 염두에 두지도 않는 사람인데, 그 사람이 올 때까지 넋 놓고 앉아 기다린다는 게 도대체 말이 되나?

하도 안타까워 내가 엄마한테 이렇게 말했던 적이 있었다.

「그렇게 졸리면 누워 자요. 편히 자고 있다가 아빠가 오면 그때 얼른 일어나도 되잖아요.」

엄마는 희미하게 웃으며 말했다.

「아냐, 이게 더 편해.」

대답이 애매했지만 엄마가 편하다는 한 마디에 더는 따지거나 권유하지 않았었다. 편하다지 않는가, 아픈 엄마가 편하면 됐지…. 그렇게 넘어갔었는데 아줌마도 그런지 도무지 잠을 안 잔다.

모르겠다. 하여간 나는 자야겠다. 눈을 감고 막 잠 속으로 빠져드는데 익숙한 기계음이 들렸다.

"삐삐삐삐, 덜컥~!"

오고 있던 잠이 확 달아나버렸다. 일어나 귀를 곤두세웠다.

비틀거리며 여기저기 부딪치는 소리, 어디엔가 걸려 넘어지는 소리, 발로 무언가를 걷어차는 소리가 들렸다. 그러다가 아빠가 다짜고짜 고함을 지르는 소리가 났다

"야, 사람이 들어오면 좀 웃을 수 없냐, 엉? 그런 죽상 같은 거

짓지 말고 말이야."

아빠는 이미 밖에서 화가 나 들어온 거다. 그래도 기분이 엉망인 채 들어오지 않은 날에는 저런 식으로 쌈닭처럼 덮어놓고 싸움을 걸며 시작하지는 않는다. 시간이 흐르면서 싸움이 서서히 진행되는 식이 되곤 한다.

사실 싸움이라고 할 수도 없는 매우 일방적인 가정폭력으로 이어지는 수순이지만 말이다.

내 머릿속에서 둥둥 경고신호음이 울려 왔다. 살며시 일어나 방문 걸쇠를 걸었다. 저 정도 수준이라면 나한테 불똥이 튈 수도 있다. 그럼 노크 따위는 생략하고 생각나는 대로 문을 열어젖히며 내 방으로 들어설 거니까.

유리인지 거울인지가 깨지는 소리, 리모컨인지 티브이 셋톱박스인지가 나가떨어지며 산산조각이 나는 소리가 났다.

아줌마가 떨리는 목소리로 말했다.

"왜 이래요, 사람들 다 자는 시간인데 제발 조용히 좀 하세요."

그때부터 아빠가 하는 말에 욕설이 하나둘 섞여들었다. 말도 안 되는 억지를 쓰고 아줌마가 어떤 말을 해도 소귀에 경 읽기다.

아줌마는 어떡하든 아빠를 안방으로 데리고 들어가려고 애를 쓰는 거 같다. 침대에 눕히고 한시라도 빨리 재우는 게 수라고 생각하는 걸 거다. 하지만 아빠는 체구도 큰 데다가 도통 남의 말이라고는 들어먹질 않는 사람이다. 자기 생각 자기 고집대로만 하는 그런 사람이다.

그러니 제풀에 지쳐 쓰러질 때까지 저러다가, 어느 한순간 잠 속으로 휘익 이끌려 들어가버리면서 매번 상황이 허무하게 마무 리되지 않던가. 그런데도 그럴 때마다 엄마나 아줌마나 아빠의 술주정 행태를 바꿔보려고 저리도 애를 쓴다.

아줌마가 우는 소리가 들렸다. 애써 감추고 있지만 간간이 입 술 사이로 비어져 나오는 울음소리가 처연하기까지 하다.

'어쩜 저렇게 같을까.'

어떻게 생판 안면조차 없는 두 사람이 저리 닮았는지 모르겠 다. 엄마도 그랬는데 아줌마도 고통을 무슨 숙명처럼 안고 산다.

아니다, 생각해보면 아빠가 그런 사람을 고른 거지. 자신의 어 떤 행동, 어떤 말이라도 스펀지처럼 그대로 흡수해 받아들이면서 벙어리처럼 한 마디도 못 하는 사람을 선택한 거다.

나는 주먹을 불끈 쥐었다. 대들고 따지고 그도 안 되면 똑같이 해주면 될 것을 저렇게 당하고만 살아야 하나?

처음에는 죽은 엄마 대신 아빠에게 당하는 아줌마가 고소하기 도 했다. 하지만 이제는 아니다. 한 인간이 다른 한 인간한테 저 러면 안 된다. 인간은 누구라도 존엄하고, 그런 인간으로 태어난 사람에게는 최소한의 예의를 지켜야 한다.

문을 벌컥 열고 거실로 나갔다. 아줌마가 쓰러져 있고 아빠가 아줌마한테 발길질을 하고 있다.

아빠 앞으로 가 아빠 눈을 똑바로 올려다봤다. 큰 용기가 필요한 일이었지만 그렇게 했다.

"그만 하세요!"

아빠가 멈칫하더니 얼굴을 일그러뜨렸다. 내가 스스로 문을 열고 나와 지금처럼 부부 간의 일에 참견하는 일이 생겨날 줄은 꿈에도 몰랐을 거다. 아빠가 아는 나는 그런 아이가 아닐 테니까.

"뭐야, 왜 안 하던 짓을 해? 당장 네 방으로 들어가."

크게 당황한 아빠가 위협적으로 손가락질을 하며 말했지만 나는 꿈쩍도 안 하고 말을 이었다.

"우리 엄마 한 사람으론 아직 부족한가 봐요. 엄마처럼 아줌마도 죽으면 좋겠어요?"

아줌마가 울음을 툭 터뜨리며 서럽게 울었다. 아빠는 아줌마와 나를 번갈아 쳐다보며 가당찮다는 듯 피식 웃었다.

"이것들이 정말…!"

아빠 뒤로 돌아가 있는 힘을 다해 등을 떠밀었다.

"어서 방으로 가요. 조금 있으면 출근해야 되잖아요."

"저, 저!"

말문이 막혀 말까지 안 나오는지 손가락만 흔들어대던 아빠가 안방을 향해 비틀비틀 걸어갔다. 그러자 아줌마가 일어나 아빠를 부축해 들어갔다. 언뜻 아줌마 이마에 피가 흐르는 걸 봤다. 쓰러지며 어디엔가 찍힌 모양이다.

■

우린 가족 아니냐, 가족

며칠 후, 다른 날보다 일찍 공부가 끝나 웹툰이나 좀 보다 자려고 컴퓨터를 켤 때였다. 아무런 인기척도 없이 갑자기 방문이 덜커덕 열렸다. 돌아보지 않아도 누군지 알 수 있었다. 누구겠는가. 우리집에 그럴 사람은 딱 한 사람밖에 없으니.

아줌마는 언제라도 내 방문을 여는 일이 없다. 밥 먹으라고 할 때도 거실에서 그저 나지막이 나를 부른다. 그리고 외출할 일이 있으면 냉장고 문에 포스트잇을 붙여놓고 조용히 나갔다 온다. 할 말이 있을 때도 기다렸다가 내가 밥을 먹으러 나갔을 때 말하곤 한다.

‘근데 언제 아빠가 집에 왔지?’

맞아, 그러고 보니 내가 인강 듣느라고 이어폰을 끼고 있어서 현관 열리는 소리를 놓쳤나 보다. 그러는 사이에 아빠가 귀가했나 보네.

의자를 홱 돌려 일어나며 가시 돋친 목소리로 말했다.

"좀 노크는 하고 들어오세요! 내가 수도 없이 부탁했잖아요."

웬일인지 아빠는 내 말에 인상도 안 쓰고 도리어 싱글거리기까지 한다.

"아, 그래. 잊었다, 내가 까먹었어."

믿기지 않는 일이지만 아빠가 지금 나를 보며 웃고 있는 거, 이거 실화? 그러나 오늘도 술을 마셨고, 그래서 더욱 나를 보고 웃는 게 수상쩍다. 그다지 많이 마신 거 같지는 않지만.

그래도 어서 내 방에서 아빠를 내보내야겠다. 아빠가 숨을 쉴 때마다 뭉클뭉클 뿜어져 나오는 숙취 냄새로 방이 점점 오염되고 있으니까. 그리고 그 냄새로 나는 숨도 제대로 못 쉬겠고, 이대로 가다가는 내 폐가 썩어 버리고 말 거다.

"빨리 말 하세요. 무슨 일인데요?"

"……."

아빠는 내가 다그쳐도 즉답을 않고 방을 한 번 휘 둘러봤다. 마치 고장 났거나 망가진 데가 있으면 고쳐주려고 살피는 사람 같이 말이다. 하지만 아빠는 결코 그런 잔손을 봐주는 친절한 사람이 아니다. 문손잡이 하나 형광등 하나 갈아주는 사람이 아니며, 장롱에서 빠진 나사못 하나 박아주는 사람이 아니거든.

내가 채근하려고 하는 순간 아빠가 말을 꺼냈다.

"공부는 잘 되니?"

나도 모르게 한숨이 나왔나 보다. 순간 아빠 눈썹이 꿈틀했다. 그러나 대답 없이 내가 계속 보고 있자 억지로 조금 웃어 보이더니 다시 물었다.

"용돈은 넉넉하고?"

'나한테 왜 이러지? 왜 이 시간에 들이닥쳐 이런 말도 안 되는 질문을 하느냐고.'

그런 질문을 스스로에게 던져본 다음에야 나는 정신이 번뜩 들었다. 섬광처럼 스쳐지나가는 게 있었다.

아빠는 곤란한 일이나 어려운 부탁이 있을 때 꼭 이렇게 맥락 없는 말로 먼저 뜸을 들이다가 슬쩍 본론을 풀어놓곤 했다. 엄마도 아빠가 난데없이 부드러운 말로 뭔가를 물을 때면 잔뜩 긴장하곤 했었다. 그래서 입술이 딱딱하게 굳어지고 눈꺼풀이 바르르 떨리던 엄마를 더러 봤었다.

"……."

똑바로 서서 아빠를 보며 더는 못 기다리니 진짜 하고 싶은 말을 하라는 눈길을 보냈다. 그러자 아빠가 멋쩍은 얼굴로 드디어 말을 꺼냈다.

"너 내일 오후에 시간 좀 내라."

절로 미간이 찌푸려졌다.

"왜요?"

쏘아보는 내 눈길이 부담스러운지 아빠가 천장으로 눈길을 돌렸다.

"가족사진 찍어야 돼."

가슴이 미친 듯 쿵쾅거리기 시작했다.

"그니까, 왜요?"

아빠가 상처 입은 사람처럼 고개를 휙 돌려 나를 봤다. 분노가 온전히 느껴졌다. 참을 만큼 참았다는 메시지를 담고 있다. 뭘 참았는지 모르겠지만 하여튼 아빠 표정이 그렇다.

아빠가 으르렁거리듯 말했다.

"다음 주에 집으로 귀한 손님들을 초대해 놨어. 그런데 집안에 가족사진이 없잖냐, 안 그래?"

기가 막혀 말이 제대로 안 나왔지만 겨우 말을 끄집어냈다.

"귀한 손님 누구요?"

아빠 얼굴에 살짝 웃음기가 묻어났다. 내 질문을 수긍의 뜻으로 이해하는 얼굴이다.

"그야 아주 높으신 분들이지. 그분들을 우리집으로 초대하는데 그동안 내가 많은 공을 들였어. 그러니 정말 잘 모셔야 돼. 그러려면 집안 분위기가 진짜 좋아야 하거든. 그래서 그 전에 대청

소도 말끔하게 해야 하고 꽃이나 장식품도 사들여야겠지만 뭣보다도 거실 벽에 턱하니 걸어놓을 대형 가족사진은 꼭 하나 필요하다고."

아빠는 공무원이다. 9급 공무원으로 공직에 첫발을 들여서 지금은 5급 사무관으로 있다. 아빠가 올려다보며 목을 매고 있는 직급은 4급 서기관인데, 그곳으로 오르기 위해 아빠는 자신에게 주어진 모든 능력과 시간과 에너지를 몽땅 쏟아 붓고 있다.

그를 위해서는 물불을 안 가린다. 내가 아는 모든 세월을 그렇게 지냈다. 오로지 상사들의 인정과 부하들의 칭찬에만 귀를 열고 반응을 할 뿐이다. 그런 무지막지 욕망덩어리가 내 아빠라는 사람이다.

주말과 휴일과 저녁시간을 자진 반납하고 밤낮으로 일했으며, 장기 출장이 잦다보니 집에 들어오지 않는 날이 많았다. 어쩌다 들어오는 날에도 술에 절어 인사불성 상태로 들어섰다. 그 날마저도 기분이 괜찮은 때는 그대로 쓰러져 잠이 드는데, 혹시 상사하고 불화라도 생긴 때면 엄마가 초주검이 되었다.

아무런 상관없는 엄마에게 고스란히 그 화풀이를 해댔고, 엄마는 그런 아빠가 그 입과 손발로 쏟아내는 무한 분노를 운명처럼 받아들였었다.

대답을 재촉하듯 아빠가 내 입만 뚫어지게 봤다.

"그건 아빠한테 귀한 손님이잖아요. 저한테는 아니에요."

이런 말을 겁도 없이 주절주절 늘어놓고 있지만 실은 나도 무섭다. 아빠라는 사람의 본질을 가장 잘 알고 있는 사람으로서 오금이 저릴 만큼 두렵지만, 더 이상은 참지 않기로 했다. 나는 이제 어느 정도 컸고, 엄마처럼 무력하게 당하고만 살지는 않을 거니까.

아빠 얼굴이 붉으락푸르락했다.

"너 정말 말을 그렇게밖에 못 하니? 우린 가족 아니냐, 가족. 그럼 가족의 일은 곧 너의 일이기도 한 거야."

아마도 나는 이 말을 할 타이밍을 내내 기다리고 있었던 거 같다.

"우리가 가족이긴 해요?"

구겨진 종잇장처럼 얼굴을 일그러뜨린 아빠가 위협적으로 허리에 두 손을 얹고 나를 봤다.

"너 자꾸 이런 식으로 나올 거야? 잔소리 말고 내일 오후에 사진관에 같이 가자. 한 번뿐이야. 다신 이런 구질구질한 부탁 안 할 거다."

일촉즉발의 위기 상황임이 단번에 감지됐다. 하지만 나는 거기서 멈추지 않았다. 끝까지 만용이랄 수도 있는 호기를 부렸다.

"저는 시간 없어요. 아줌마랑 둘이서 찍으세요."

눈에서 불이 번쩍 일었다. 아빠가 내 뺨을 후려친 거다. 뺨에서 불이 확확 나고 턱관절이 욱신욱신 아려왔다. 고개를 돌리는

데 환청인지 귀에서 풀벌레 우는 소리까지 찌르르 울렸다.

놀라서 거울 앞으로 가 얼굴을 훑어봤다. 금세 볼이 부어오르고 입술도 터졌는지 피가 송송 배어나왔다.

아줌마가 울먹이며 달려와 나를 살펴봤다. 거실에서 우리들 말을 듣고 있었을 테지.

"어마, 피!"

티슈를 몇 장 뽑아와 내 입술을 닦아주려는 아줌마를 내가 가만히 밀쳐냈다.

"됐으니까 상관 마세요."

아줌마는 물러서지 않았다.

"피부터 닦자, 응?"

이 모질지 못한 사람을 어쩌면 좋을까. 저러니 아빠 같은 사람 만나 신데렐라처럼 만날 구박덩이로 살지.

좀 더 강경하게 아줌마를 밀어냈다.

"됐다고요!"

손등으로 피를 쓰윽 훔쳐냈다.

아무리 아빠가 막 나가는 사람이어도 나한테까지 주먹을 휘두르지는 않았다. 그렇지만 이제야 그 진실과 내가 마주 선 듯하다. 지금까지 내가 맞지 않은 건 엄마가 온몸으로 나에게로 향할지 모르는 폭력을 막아냈기 때문이었던 거였다.

머릿속에서 뭔가가 한 꼭지 휙 도는 느낌이다.

'이거는 선전 포고야. 앞으론 나한테도 폭력을 행사하겠다는.'

아빠를 휙 돌아봤더니, 팔짱을 낀 채 시무룩이 서 있던 아빠가 나하고 눈이 마주치자 움찔하며 헛기침을 큼큼 했다.

"미안하다. 나도 모르게 그만 일이 이렇게 된 건데, 다신….."

비로소 참을 수 없는 울음이 비명처럼 툭 터져 나왔다.

"아악~, 어흐흑!"

눈물이 앞을 가려 아무 것도 보이지 않지만 무작정 밖을 향해 달려 나갔다. 신을 신고 문을 여는데 아줌마가 부르는 소리가 들렸다.

"가온아, 민가온!"

재빨리 버튼을 누르며 엘리베이터 앞에 서고 보니 5층에서 1층으로 내려가고 있는 중이다. 14층까지 올라오려면 시간이 꽤 걸리게 생겼다. 그때 닫힌 현관이 다시 열리며 아줌마가 부랴부랴 따라 나오고 있는 게 보였다.

"가온아, 잠깐만 거기 서 봐!"

계단으로 발길을 돌렸다. 타다다닥 있는 힘을 다해 날듯이 계단을 뛰어내려 갔다. 뒤따라오는 소리가 안 나는 걸 보니 아줌마는 엘리베이터를 기다리는가 보다. 어쩌면 마음을 바꿔 집으로 되돌아갔을 수도 있겠고.

하여간 있는 힘을 다 짜내 한 번에 두 칸 세 칸씩을 건너뛰며 1층에 도착하니 목덜미에 땀이 흥건하다. 그런데 아줌마가 보이지 않았다. 다행이라는 생각이 절반, 서운한 감정이 절반. 뭐지? 나도 알 수 없는 게 내 마음이다.

서둘러 공동 현관을 빠져나가며 어린이 놀이터 쪽으로 방향을 잡는데 그 모퉁이에 아줌마가 서 있다.

내가 걸음을 멈추고 그 자리에 서자 아줌마가 다가왔다. 안쓰러운 눈길로 내 아래위를 자꾸만 봤다.

"옷도 이렇게 입고 신도 이렇고. 이대로 밤바람 맞으면 감기 걸려."

얇은 반 팔 티셔츠에 반바지, 맨발에 삼선 슬리퍼를 신은 채 앞도 뒤도 안 재고 집을 나왔으니 행색이 말이 아닌 건 맞다. 그렇지만 그런 상황에서 내가 어떻게 제 정신인 사람처럼 옷을 갖춰 입고 외출용 신발을 신고 나온단 말인가.

다시 걸음을 옮겼다.

"괜찮아요."

아줌마가 재빨리 내 손목을 낚아챘다. 놓치기라도 하면 다신 못 볼 사람처럼 손에 힘을 꼭 주고서 단단히 나를 부여잡았다.

"가자, 집으로 돌아가."

"내버려 두세요."

가녀린 손가락을 하나씩 내 손목에서 떼어냈다. 젖 먹던 힘까지 모두 쓰고 있을 텐데도 아귀힘이 어린아이마냥 연약하다. 나보다 조금 클까 말까한 이런 손으로 아빠의 무관심과 폭행과 언

어폭력을 무던히도 견뎌내고 있었다고 생각하니 마음이 짠하다.

　나를 더 이상은 말릴 수 없다고 판단했는지 아줌마가 손을 스르르 풀었다. 그러고는 울음 섞인 목소리로 말을 했다.

　"그럼 내가 필요하면 언제라도 전화해. 한밤중이건 새벽이건 상관없어."

　"……."

　달렸다. 이 아파트를 벗어나 어디든 가야한다. 아빠가 없는 곳으로, 더는 설움이 없는 곳으로.

　「미안하다. 나도 모르게 그만 일이 이렇게 된 건데, 다신….」

　왜 또 다시 그 말이 떠오른 걸까. 잊어야 하는데, 잊어버려야 내가 사는데 말이다. 잦아들었던 뜨거운 눈물이 다시금 폭포수처럼 흘러내린다.

　달리며 뺨을 만져봤다. 후끈후끈 열기가 느껴지고 상처가 부어올라 있다. 입술을 핥아봤더니 터진 자리가 따끔하다. 그래도 피는 멈췄다.

　'근데 어디로 가야 하지?'

■
나란 애는 뭐지

가을이 무르익고 있는 스산한 계절, 그것도 한밤중에 나처럼 하고서 돌아다니는 사람이 없다. 거리를 지나가는 사람들도 나를 이상한 아이 보듯 보며 지나간다. 멍하니 사거리 횡단보도 앞에 서서 거리를 보고 있자니 그렇다.

밤이기에 망정이지 안 그랬으면 얼굴이 홍당무가 돼 고개도 못 들 뻔했다. 그런데 사방을 아무리 둘러봐도 도무지 갈 데가 없다. 내가 이렇게 대책 없는 아이였던가. 참으로 막막하다.

가로등 불빛조차 없는 데는 죄다 먹물처럼 캄캄하다. 그렇다고 불빛이 있는 데도 낮처럼 환한 건 아니다. 하나 같이 내 눈에는 위험한 장소로만 보인다. 그러니 나 같은 쫄보가 어떻게 함부로 거리를 돌아다닐 수 있겠어.

한동안 그렇게 서 있자니 몸이 오소소 떨려온다. 어깨를 웅크리고 팔짱을 꼭 껴 봐도 온몸으로 파고드는 서늘한 기운을 막을 수가 없다.

'여기서 계속 이러고 서 있을 순 없는데….'

길 건너에 희미한 실루엣을 드러낸 공원이 눈에 들어온다. 해마다 5월이면 장미가 만발하는 아름다운 미니 공원이다. 사계절 낮에는 사람으로 왁자하지만 밤이면 사람이라고는 흔적도 없는 도심 속의 외진 곳이다.

'저리로 가서 좀 있어 보자.'

버스 정류장이 빤히 보이는 공원 입구로 가 가로등을 조금 비켜나 쪼그리고 앉았다. 가로등 바로 아래에 있으면 내가 너무 훤히 드러나 안 될 거 같고, 가로등에서 아주 떨어져도 안 될 거 같다.

그렇게 옅은 어둠 속에서 보니 버스마저 끊어진 거리에는 사람이 거의 없고, 귀가 하는 차량들만 한산하게 지나다니고 있다. 어쩌다 지나다니는 사람도 대부분 귀가를 서두르며 걷고 있다.

한참을 그러고 있었나 보다. 그런데 아무리 몸을 옹송그려도 추위가 가시지 않는다. 온몸에 소름이 돋고 손가락 끝과 발가락 끝에 감각이 없어진다. 이러다가 저체온으로 죽을지도 모른다는 생각이 들자 비로소 내가 너무 충동적으로 나왔다는 자책이 든다. 휴대폰도, 돈도, 외투도 없이 말이다.

'뛰어 볼까?'

몸에 열을 내려면 뛰는 게 좋겠다는 생각이 번뜩 들었다. 그래서 일어나 두 팔을 벌리고 풀쩍풀쩍 뛰어 보았다. 확실히 금세 열기가 느껴지고 덜 추웠다.

그때 누군가가 불쑥 내 앞으로 얼굴을 들이밀었다. 술 냄새가 확 끼쳤다. 저절로 비명이 터져 나왔다.

"엄마~!"

중년 아저씨가 화들짝 놀라 뒤로 주춤 물러서며 투덜거렸다.

"난 또 무슨 일이 났나 싶어 봤지. 됐다, 아무 일 아니면 됐어."

아저씨는 이내 알 수 없는 노래를 부르며 가던 길을 걸어갔다. 아저씨가 떠난 후에도 술 냄새가 쉬 사라지지 않아 공기를 바꾸려고 두 팔을 휘휘 내저었다. 그러느라 무심코 뒤를 돌아봤는데, 공원 안쪽의 짙은 어둠이 그때서야 신경이 쓰이면서 머리카락이 곤두섰다. 그 어둠 속에서 어떤 손이 스윽 나와 당장이라도 나를 잡아채 끌고 갈 거만 같다.

곧바로 버스 정류장으로 자리를 옮겼다. 바로 앞에 편의점이 있는데, 그 편의점 불빛이 정류장까지 미치니 다급하면 뛰어 들어가 도움을 요청할 수도 있을 거다. 게다가 정류장은 삼면이 유리 가림막으로 가려져 있고 벤치까지 있으니, 우선 한두 시간을 보내기에는 괜찮은 곳이다.

엉덩이를 붙이고 앉으며 고개를 드니 우리 아파트가 보였다. 도로 쪽으로 앉은 동이고 14층이라 한눈에 우리집이 들어왔다.

엄마 때부터 우리는 발코니에서 여주랑 방울토마토를 길렀다. 발코니를 식물원처럼 만든 건 엄마의 유일한 호사였다. 그랬으니 당연히 화분도 다른 집보다 엄청 많았다. 아직 무성한 여주 넝쿨과 웃자란 방울토마토가 한창이어서 집을 찾는 건 식은 죽 먹기다.

올해도 엄마를 보듯 보려고 내가 인터넷으로 모종을 사 심고 지지대도 설치해 줬더니 저렇게 예쁘게 큰 거다.

'그게 우리집을 찾는 표지가 되다니.'

거실에 불이 켜져 있을 뿐 사람 같은 건 그림자도 없다. 집에 아이가 하나 없어졌는데도 발코니에서 밖을 내다보며 조바심을 내거나, 이 시간이 되도록 찾으러 거리로 나선 사람 따위도 없고 말이다.

탄식처럼 혼잣말이 나왔다.

"나란 애는 뭐지?"

잊힌 사람, 필요 없는 사람, 뭐 그런 건가? 심장에서부터 발끝까지 전기가 관통하며 마음에 지워지지 않는 깊은 상처를 낸다.

번뜩 공동 현관 앞에서 아줌마가 했던 말이 떠올랐다.

「그럼 내가 필요하면 언제라도 전화해. 한밤중이건 새벽이건 상관없어.」

아줌마는 내가 아는 사람 중 제일 답답한 사람이다. 내가 밉고 보기 싫을 텐데도 나한테 저런다. 한 번도 '엄마'라고 부른 적 없고, 다정하게 말대답을 해 준 적도 없다. 그런데도 저런 말을 할 수 있다니 믿을 수가 없다.

속이 없는 사람일 거다. 그러니까 자신을 따르지도 눈길도 주지 않는 나 같은 애를 애처로운 눈으로 보는 거지. 그리고 그런 사람이니까 아빠 같은 나쁜 남자를 만나 인생을 낭비하고 사는 거야.

작년 봄, 내가 중학교 2학년이 된 지 얼마 안 되었던 어느 날이었다. 학교에서 돌아와 보니 엄마가 침대에 조용히 누워 있었다. 엄마, 하고 불렀지만 대답도 반응도 없었다. 엄마는 귀가 예민해 아주 작은 소리에도 후딱 일어나 앉는 사람이었다.

그날의 충격, 그날의 아픔을 어떻게 말로 다 할까. 어떤 위로도 어떤 격려도 내 고통을 덜어주지 않았다.

엄마는 우울증을 오래 앓았다. 약을 꾸준히 먹었지만 잘 낫지 않았다. 그래도 여름이나 겨울철에는 병세가 좋아져 어쩌다 나를 보고 슬몃 웃는 날도 있었다. 그러나 봄이 오면 상태가 확연히 나빠져 나를 절망하게 만들곤 했다.

"내가 우리 온이 땜에 산다."

귀에 딱지가 앉도록 엄마한테 들은 말이다. 그 말은 마치 당장이라도 이 세상을 떠나고 싶지만, 나라는 애에 대한 책임감 때문에 하루하루를 버티며 산다는 말에 다름이 아니었다. 그렇게 들렸었다.

"그런 말 하지 마요, 제발!"

내가 할 수 있었던 말은 오로지 그뿐이었다.

그렇게 한 해 두 해 이어나가던 삶의 끈을 엄마는 스르르 내려놓아버린 거다. 수많은 날들 엄마를 그리며 스스로 묻고 답을 했던 말이 있다.

"그토록 힘들었어요? 그럼 됐어, 잘 한 거야."

그리 마음먹어야 내가 살 수 있었다. 사람은 살기 위해 어떤 변명이든 만들어 낸다는 걸 그때 알게 되었다. 나 편하자고 그런 질문을 던지고 답하며 나는 지금까지 살고 있고 앞으로도 그렇게 살 테지.

엄마의 죽음 이후에도 아빠의 생활 패턴은 조금도 달라지지 않았다. 죽는 날까지 엄마가 도맡았던 집안일을, 요일을 정해 집으로 와 도와주는 도우미 아줌마를 들여놓았을 뿐 아빠는 이전에 하던 대로 하고 살았다.

집에 안 들어오는 날이 이어졌고, 들어오는 날엔 술에 절어 돌아와 쓰러져 자다가 아침이면 벌써 출근하고 없었다. 어쩌다 얼굴이 마주치는 날에도 나를 보기를 마치 이웃집 아이 보듯 했다.

나라고 반가웠을까. 미안하지만 전혀 아니다. 반갑기는커녕 놀라서 112나 119에 신고하려고 했던 적도 있었다. 아무런 소리 소문 없이 주방에 있거나 안방에서 불쑥 문을 열고 거실로 나왔으니 내가 얼마나 놀랐겠나.

내가 잠든 사이나 이어폰을 끼고 인강을 듣던 때 집안으로 스미듯 들어와, 유령처럼 집안을 돌아다녔으니 너무 놀라 털썩 주저앉아 버렸던 날은 오래도록 느껴 울었다.

그런 날들마다 이런 생각을 참 많이 했던 거 같다.

'차라리 나 혼자 살게 해 주든지 아니면 아빠 혼자서 나가 살든지.'

큰집에 혼자 있어야 하는 일은 고역이었다. 낮은 그런대로 어렵지 않게 흘러갔다. 하지만 밤은 달랐다. 불을 끄고서는 잠을 들 수 없었고, 불을 켜놓고 자자니 눈을 뜨고 자는 것 마냥 눈이 따끔거렸다.

나는 밤이 그렇게 무서웠다. 어두운 게 무서웠다고 하는 게 더 적절하겠다. 어둠을 바라보고 있노라면 그 어둠 속에서 죽은 사람들이 나를 쏘아보고 있는 착각을 일으키곤 했다. 자기들끼리 수런거리면서 낄낄대고 조소하는 것 같은 망상에 사로잡히곤 했다.

내가 가장 부러워하는 애는 이모나 외할머니가 있는 애이다. 고모나 할머니까지는 바라지 않는다. 아빠는 본댁에서 아예 내놓은 사람이라 서로 간에 왕래가 끊어진 지 오래니까.

할머니는 엄마하고의 결혼을 극구 반대했었다고 했다. 하지만 순순히 물러설 아빠가 아니었나 보다. 아빠는 집을 나와 엄마하고 결혼식을 올렸고, 그 후 지금까지 여전히 화해하지 못한 채 살고 있다.

그리고…, 우리 엄마. 엄마는 고아나 다름없는 사람이었다. 외할머니의 하나 있는 자식이었는데, 외할머니가 돌아가시자 먼 친척집에 얹혀살다가 밥벌이를 하면서 독립하게 되었고, 그 친척마저 세상을 떠나자 그야말로 천애고아가 된 거였다.

엄마가 먼 길 떠나고 몇 달이 흘러 1학기 기말고사를 며칠 앞둔 어느 날이었다. 그림이 취미이자 안식이었던 나는 쉬는 시간에 그리운 엄마 모습을 그리고 있었다. 그런데 늘 나를 못마땅하게 여기던 반 친구 애리가 내 그림을 휙 빼앗아 들었다.

"누구야, 죽은 네 엄마?"

애리가 코웃음만 안 쳤더라면 얼마나 좋았을까. 애리의 시점에서 본다면 그때 내 눈은 아마 혼이 반쯤은 나간 미친 아이로 보였을 거다. 눈에 정말 아무 거도 안 보였거든. 머릿속에 퓨즈가 나가버린 느낌?

그림을 되찾으려는 나, 돌려주지 않으려는 애리. 서로를 밀치고 당기고 하는 과정에서 애리가 넘어지며 앞니가 부러지고 말았다.

이 부분이 제일 아쉽다. 그때 차라리 내 이가 부러졌더라면 내 인생이 이렇게까지 꼬이지는 않았지 않았을까, 하는 아쉬움이 진하게 남는다.

그 일로 나는 애리를 고의로 밀어 이를 부러뜨린 문제아가 돼 있었다. 학교폭력위원회가 열렸고, 그 자리에 아빠가 참석했었는데 나는 그날 아빠의 참 모습을 볼 수 있었다.

아빠는 남에게 손가락질을 받거나 자신의 명예에 손상이 가는 일을 참지 못한다. 그날 안절부절못하고 고개조차 못 드는 아빠를 보면서 알 수 있었다. 누구 앞에서라도 당당하고 기죽는 법이 없던 아빠의 치명적 약점을 알게 된 거다.

그길로 나는 학교를 그만 둬 버렸다.

'학교 따위 필요 없어!'

그런 심정이었다.

그런데 아빠가 그런 내 결정을 말리지도 설득하려고도 않았고, 그래서 더 화가 머리끝까지 났다. 그렇지만 그런 내색은 일절 하지 않았다. 내가 분노하고 기분이 다운돼도 아빠에게 아무런 상처나 고통을 주지 않을 거 같았거든.

왜냐, 아빠는 나를 사랑하지도 나 같은 거한텐 관심 따위 없으니까. 아빠는 자신만 잘 되면 되는 사람이다. 그래서 나는 앞으로 아빠한테 상처와 고통을 줄 수 있는 일만 찾아서 할 거라고 그때 다짐했다.

학교를 그만두고는 검정고시 공부를 시작했다. 중졸 검정고시에 합격하면 고졸 검정고시도 준비할 계획이었다. 혼자 인터넷 강의를 알아보고 교재도 마련했다. 모든 걸 내가 알아서 해야 했다.

또 다시 몇 달이 흘러 늦가을 어느 날이었다. 아빠가 젊은 여자와 함께 이른 저녁에 퇴근을 했다.

"혼인신고를 마쳤으니 이제부터 네겐 '엄마'가 된다. 결혼식은 생략하기로 했으니까 그렇게 알고 앞으로 둘이서 잘 지내도록 해봐."

다짜고짜 그렇게 말하고는 아줌마를 안방으로 데리고 들어갔다. 그날 이후 아줌마하고 나는 기막힌 동거를 하고 있는 셈이다.

재혼하고 싶은 여자가 있다는 말을 들은 적도 없고, 밥 한 번같이 먹은 적도 없는데, 덮어놓고 사람부터 집으로 데리고 왔으니 내가 얼마나 허탈하고 말문이 막혔는지 모른다.

나이도 그렇다. 아빠하고 엄마는 동갑이다. 그런데 아줌마는 아빠보다 13살이나 아래다. 내게는 이모나 큰 언니뻘밖에 안 되는 사람이다. 그러니 새엄마라는 생각이 들겠는가 말이다.

무엇보다도 내 엄마가 하늘로 간 지 겨우 반년이 조금 지난 시점 아닌가. 물론 내가 결사반대한다고 아빠가 결혼을 물릴 사람이 아닌 걸 안다. 그래서 그 일에 대해 단 한 마디도 하지는 않았다.

하지만 증오의 표시로 나는 그날 미장원으로 가 긴 단발머리를 쇼트커트로 쳐버렸다. 내가 할 수 있는 일은 그거밖에 없었다.

한 푼어치의 가치조차 없는 존재

'몇 시쯤 됐을까?'

집을 나올 때가 11시를 조금 넘긴 시각이었으니, 지금쯤이면 12시를 넘겨도 한참은 넘겼을 거다.

콧물이 나기 시작한다. 그렇지만 닦을 데가 없어 그냥 들이마시는 수밖에 없다. 밤바람 맞으면 감기 걸릴 거라던 아줌마 말이 그대로 실현된 게 놀랍다. 하긴 어느 누구라도 지금의 나를 보면 혀를 끌끌 차며 똑같은 말을 할 테지.

너무 추워 자리에서 일어나 편의점을 돌아봤다.

'저기라도 좀 들어가 있으면 좋을 텐데.'

환하게 밝은 불빛, 수백 수천 가지 물건이 조명을 받아 반짝이고 있는 저곳. 거기와 명백한 대조를 이루며 어둠 속에서 헐벗은 채 떨고 서 있는 나.

내가 마치 성냥팔이 소녀라도 된 기분이다. 아니 이거는 완벽한 성냥팔이 소녀의 재림이다. 그 소녀도 나도 아빠에게 학대를 당하고 사는 처지잖아. 얇은 옷을 입고 추위에 떨며 집으로 돌아갈 수 없는 사정 또한 퍽이나 닮았으니까.

그런데 편의점 안에서 한 남자가 나를 보고 있다. 남자는 뒷짐을 지고 현관 유리문 앞으로 다가오더니 나를 유심히 내다본다.

재빨리 돌아서서 누군가를 기다리고 있는 척하며 한동안 여기저기를 두리번거렸다. 그러다가 슬며시 돌아봤더니 그는 여전히 나를 보고 있다. 그리고 이젠 노골적으로 '네가 아무리 그래 봐야 난 네 뻔한 사정을 다 알고 있다.'는 표정으로 빙긋 웃기까지 한다.

무작정 걷기 시작했다. 갑자기 볼일이라도 떠오른 사람처럼 말이다. 그러나 갈 데가 없다 보니 저절로 발걸음이 느려진다.

'맞아, 거기로 가면 되겠어!'

멀지 않는 데에 청소년쉼터가 있다는 사실이 그제야 떠오른다. 혼자 가야한다는 게 사뭇 걱정이지만, 몸만 빠져나온 내가 안전하게 있을 수 있는 데는 거기밖에 없다. 그러니 일단 가 봐야겠다. 가보고 결정해도 안 늦다.

쉼터를 어렵잖게 찾았다. 이 건물 앞을 지나가며 엄마하고 청소년 가출에 대해 얘기를 나눴던 적이 있었다. 그때 나는 내가 이런 데 올 일은 없을 거라고 생각했던 거 같다. 그렇게 믿고 싶었던 거겠지만.

그러나 인생이, 사람의 삶이 그렇게 호락호락하지가 않다. 그걸 요즘 참 많이 깨닫는다.

현관 앞에서 잠시 머뭇대다가 문을 밀고 안으로 들어섰다. 들어서면서 보니 벽시계가 1시 15분을 가리키고 있다. 내 발로 집을 나와 밖에서 내가 버틸 수 있었던 시간이 고작 2시간 정도였던 거다.

현관문 풍경종 소리에 여자 상담원이 자리에서 일어나며 반갑게 나를 맞이했다. 그녀는 삼십대 중반으로 보였고 오랜 현장경험이 있는 듯 듬직했다. 그래서 집을 나왔다는 말을 꺼내기가 좀 편할 거 같았는데, 막상 얼굴을 마주하자 그렇지도 않았다.

"저기, 저기. 훌쩍~."

내가 쭈뼛거리며 선뜻 말을 못하고 콧물만 훌쩍거리자, 그녀가 눈짓으로 의자를 권하면서 티슈를 내밀었다.

"일단 앉아, 새벽이라 벌써 꽤 춥지?"

"예, 훌쩍~!"

나는 고개를 돌리고 코를 팽 풀었다. 그러고 나니 속이 시원했다. 콧물이 코끝에서 자꾸 대롱거려 여간 신경 쓰이는 게 아니었거든.

그녀는 뒤로 돌아 옷장을 열더니 옷걸이에 걸린 카디건을 가져와 내 어깨에 얹어주었다. 무릎 담요도 하나 가져와 무릎에 얹어주고, 금세 유자차를 태워 오더니 손에 들려주었다.

"배는 안 고파?"

"예, 안 고파요."

"아픈 데는 없고?"

"없어요."

거기까지 묻고 나자 그녀는 조금 안심이 되는 표정으로 자리로 돌아가 나하고 마주 앉았다. 볼펜을 집어 들고 상담일지를 앞으로 당겨놓은 그녀가 미소를 지으며 조심스럽게 물었다.

"집을 나온 거지?"

"예."

유자차가 따끈했다. 몇 모금 마시고 나자 몸이 사르르 녹으면서 잠이 조금씩 몰려왔다. 등을 온돌에 붙이고 자고 싶은 마음이 간절해진다. 이런 상황에서도 자고 싶은 마음이 들다니 내 머리가 어떻게 된 건 아닌지 모르겠다.

"부모님은 계셔?"

고개만 끄덕끄덕했다.

"오늘 밤을 여기서 지내야 될 테고."

또 끄덕끄덕.

그녀가 일지에 뭔가를 적기 시작했다. 그러다가는 조금 뜸을 들이며 내가 눈을 맞출 때까지 기다렸다가 말을 꺼냈다.

"그럼 집 주소하고 부모님 연락처 먼저 말해 줄래?"

자리에서 발딱 일어났다. 그러는 통에 유자차가 손등으로 넘쳐 흘렀고 바닥으로 뚝뚝 떨어졌다. 그녀가 티슈를 뽑아들고 달려와 내 손등부터 닦아주고 바닥도 닦아냈다. 그러고 나더니 두 손으로 부드럽게 내 어깨를 눌러 내가 다시 의자로 앉도록 했다.

자리로 돌아간 그녀가 설명을 했다.

"네가 지금 여기 있는 걸 알리거나 여기서 자려는 걸 네 부모님께 동의 받으려고 그걸 묻는 게 아냐."

청소년쉼터는 보호하고 있는 청소년에 대해 72시간 내에 그 보호자에게 연락을 해야 할 의무가 있다고 했다. 그러나 그 청소년이 원하지 않으면 그가 묵고 있는 쉼터 위치는 알려주지 않는다 하더라도, 입소 사실만은 알려야 한다고 말했다.

"오늘은 네 부모님께 연락을 안 할 테니 그렇게 알아. 그리고, 그래도 어쨌든 부모님 연락처는 우리가 알고 있어야 한다는 거 이해하겠지?"

불현듯 전화를 받고 달려올 아빠 얼굴이 떠올랐다. 학교폭력 사건으로 학교폭력위원회에 참석했었을 때도 그랬고, 절도사건 때도 아빠는 득달같이 달려와 나를 당장에 때려눕히기라도 할 듯 노려봤었다.

아줌마가 집에 들어오고 얼마 안 된 때였다. 두 달 정도 흐른 시점이었으니 올 1월 어느 날이었다.

하루하루가 지옥 같았다. 엄마가 하던 일을 아줌마가 하고 엄마가 있던 자리에 아줌마가 있으니, 이게 꿈인지 생시인지 알 수가 없을 정도로 사는 게 참담했다. 혼자 울다가 웃다가 미쳐서 머리가 꼭지까지 돌 지경으로 속을 썩이며 살고 있었다.

아빠의 무관심과 방임 속에 살던 때, 티브이 소리 외엔 어떤 소리도 집에서 나지 않던 때가 오히려 인간적이었다는 생각밖에 안 들었다. 낯선 사람, 마음이 가 닿지 않는 사람과 한공간에 살아야 하는 고통이 이런 거구나, 하는 탄식이 절로 나왔다.

우리는 가능하면 서로 얼굴 부딪치는 상황을 만들지 않았다. 내 뜻을 읽고 내 뜻대로 따라주는 아줌마에게 은근히 미안하다는 생각이 들 때도 있었지만, 내가 대화를 일절 거부하고 회피했으니 아줌마로서는 어쩔 수 없는 선택이었을 거였다.

아무리 그렇게 산다고 해도 한 번씩은 서로 얼굴을 마주치기 마련이었으니 그런 때가 제일 힘들고 난처했다.

하루는 밤에 화장실에 가려고 방을 나갔더니 아줌마가 거실에서 짐을 싸고 있는 게 보였다. 대형 캐리어 두 개에 짐을 싸고 있었다.

처음에는 아줌마가 집을 나가려나 보다 했다. 지칠 대로 지친 아줌마가 드디어 백기를 들고 아빠가 없을 때 아빠 몰래 집을 나가려는구나, 하며 표정관리를 해야 할 만큼 마음이 들떴었다.

그러나 내가 화장실 문고리를 잡는 순간 아줌마가 이렇게 말했다.

"네 아빠가 캐나다로 한 달 정도 출장을 간다는데 출국은 내일 오후에나 하나 봐. 근데 출국 전에 준비할 게 많아 집에는 들를 시간이 없대. 그래서 내가 내일 아침에 이 짐들을 가져다 드려야 할 거 같아."

후다닥 화장실로 들어가 수도꼭지를 틀고 눈물을 펑펑 쏟았다.

아빠가 장기간 해외출장을 가는 소식조차 아줌마를 통해야 알 수 있는 나란 존재. 그런 한 푼어치의 가치조차 없는 존재가 돼버린 나에 대한 비탄으로, 나는 더는 나를 통제할 수 없는 지경에 이르러 있었다.

그길로 집을 나와 가까운 편의점으로 갔다.

'내가 여기 있는데…, 이렇게 살아 존재하는데!'

어떤 방식으로든 나란 존재도 엄연히 아프면 비명을 지르는 한 사람이고, 내 안은 이미 상처투성이라는 걸 알려야 했다.

'그러려면 아빠가 쪽팔려서 곧바로 달려올 만한 짓을 해야 해!'

편의점 안을 천천히 돌아다녔다. 한참 동안 그리고 다니자 주인인 듯한 남자가 나를 힐금거리며 경계하는 게 느껴졌다. 참 마음이 내키지 않는 일이었지만 결단을 내려야했다.

바구니를 들고 판매대의 물건을 하나씩 담았다. 바구니가 어느 정도 찼을 때 남자를 봤더니 마침 생수 팩을 옮기고 있었다. 이때다, 싶었다. 그가 보고 있는데 그걸 들고 나가지는 못할 거 같았는데 다른 일을 하고 있으니 기회였다.

바구니를 든 채 유리 현관을 밀고 밖으로 나섰다.

"야, 거기 서!"

나를 발견한 그가 달려 나와 내 옷자락을 와락 붙들었다. 사실 지금에야 말이지만 그날 나는 그냥 잡혀준 거다. 나를 잡아가라고 느릿느릿 문을 열며 그가 돌아볼 때까지 기다리고 있었으니, 그런 도둑이 세상에 어딨단 말인가.

그에게 붙잡힌 순간부터 나는 입을 꾹 다물었다. 그가 어떤 말을 해도, 어떤 걸 물어도 귀가 먹은 척했다. 부모님 전화번호를 물었을 때 아빠 번호를 적어준 게 다였다.

얼마 후 아빠가 편의점으로 들이닥쳤다. 문을 열고 들어와 나를 보던 그 눈을 잊을 수가 없다. '또 사고 따월 쳐. 이런 미친….' 눈에서 광기가 일고 있었다. 핏발이 맺혀 붉은 기가 도는 아귀 같던 그 눈.

나를 보던 그 무시무시하던 눈빛과는 달리 편의점 주인을 대하는 아빠의 태도는 지극히 저자세였다. 얼굴에는 새내기 같은 부끄러움을 매달고, 말씨는 더없이 공손했던 모습이 지금도 선명하다.

아빠는 어떡하든 내가 만든 그 상황을 그 자리에서 마무리하려고 했다. 지갑을 꺼내들고 두툼한 현금을 보여줬다.

"얼마를 드리면 되겠습니까? 애가 아직 어리니 선처 부탁드립니다."

남자 생각은 아빠하고 달랐다.

"돈이 문제가 아니죠. 아직 중학생 같은데 바늘 도둑이 소 도둑 된다고 이런 게 다 습관이잖아요. 따님을 좀 보세요. 이 표정이 반성하거나 잘못했다는 얼굴이에요? 아니잖아요."

아빠가 나를 돌아봤다. 나도 아빠를 마주봤다. 내 표정을 본 아빠 눈에서 독기와 배신감이 느껴졌다.

아빠가 화를 꾹 눌러 참으며 말했다.

"저희 집이 그렇게 어려운 형편이 아닙니다. 살만큼 살아요. 그런데 애가 왜 이걸 훔치겠어요. 실수로 계산하는 걸 깜빡 잊고 들고 나간 걸 거예요. 내 말 맞지, 그런 거지?"

나는 아빠 눈길을 애써 외면하며 시선을 바닥으로 내리깔았다. 그러고는 대답했다.

"아녜요, 이 아저씨 말씀이 맞아요. 이거 다 내가 훔쳤어요."

너 우리 팸 할래

"휴대폰 있지?"

상담원이 목소리 톤을 살짝 높이는 바람에 깜짝 놀라 고개를 들고 그녀를 봤다. 잠시 딴 생각을 하느라 그녀가 묻는 말을 귓등으로 듣고 있었나 보다.

"제거요?"

"응, 번호 불러 줄래? 네가 많이 피곤해 보이니까 지금은 네 폰 번호만 알려주고 어서 가 쉬어."

언짢은 감정이 울컥 치밀어 오른다.

'그냥 아무 조건 없이 쉬라고 하면 안 돼?'

아무래도 이건 아닌 거 같다. 내 번호를 알려주는 거도 찜찜하지만, 자고 일어나면 그땐 아빠 폰 번호를 말해야 한다. 아빠를 피해 집을 나와 이 고생을 내가 하고 있는데, 이 사람들은 아빠한테 전화를 해 나를 인계하려고 한다. 분실견이나 분실묘처럼 말이다.

그리고 엄연히 나는 가출한 게 아니다. 탈출한 거다. 견딜 수 없는 현실에서 벗어나려고 집을 가까스로 탈출해 나온 건데, 사람들은 그걸 별 고심 없이 '가출'했다고 말한다. 어떤 잣대를 놓고 보더라도 결코 달라질 수 없는 한 상황을 놓고, 나는 '탈출'이라고 하고 어른들은 '가출'이라고 정의한다.

"폰 없어요."

자리에서 일어나 컵을 내려놓고 돌아섰다. 내가 잠깐 깜빡 놓치고 있었던 게 있는데, 내 폰으로 그녀가 전화라도 하면 아줌마가 받을 거다. 아니, 아빠가 받겠다. 그렇다면 아빠 폰을 알려주나 내 폰을 알려주나 뭐가 다르나. 결과는 마찬가지다.

"얘!"

말없이 현관 앞으로 다가가는데 그녀가 따라와 내 팔을 잡았다.

"그거도 싫어? 알았다. 그럼 내 더 이상 연락처 같은 건 안 물을 테니까 들어가 쉬자."

달콤한 유혹이다. 하지만 달콤함 속에는 꼭 한 방울의 독이 들었기 마련이다. 난 그걸 안다. 내가 자고 일어나면 그녀는 어떡하든 나한테서 집주소와 아빠 폰 번호를 알아내려고 할 거다.

그게 정 여의치 않으면 부채감이나 죄의식을 느끼게 해 털어놓고야 말도록 유도할 테지. 나도 이젠 생각이란 걸 좀 하거든. 아무도 날 도와주지 않아서 늘 내가 나를 지켜야했으니까.

돌아보지도 않고 현관 손잡이를 잡자 그녀가 다급하게 다시 말했다.

"네 옷차림을 봐라. 신은 신발도 그렇고. 이대로 길거리에 있다가는 감기 앓아. 그리고 밖이 얼마나 위험한 줄 아니? 자, 어서 들어가자."

나는 그녀 손을 털어내고 밖으로 나왔다. 등을 지고 있지만 그녀가 안타까운 눈으로 나를 보고 있다는 걸 안다. 그래서 그녀의 시야에서 벗어나기 위해 쉼터 건물 끝으로 가서 섰다.

새벽녘의 찬 공기는 한층 몸에 한기가 들게 했다. 이제는 길에 술 취한 사람조차 잘 안보였다. 모두들 집을 찾아 돌아가고 건물과 가로등과 쓰레기봉지만이 쓸쓸히 거리를 지키고 있다.

'어떡하지?'

사방을 두리번거려 보지만 어찌할 바를 모르겠다. 우선 어디엔가 좀 앉기라도 했으면 좋겠는데….

쉼터 바로 앞 건물이 눈에 뜨였다. 다세대주택인데 공동 현관 앞에 조명등이 있고 계단도 있으니, 조명이 가닿지 않는 계단 끝에 앉아 날이 새기를 기다리면 될 거 같았다.

계단으로 가 쪼그리고 앉았다. 시멘트 바닥에서 올라오는 냉기가 맨발의 삼선 슬리퍼를 타고 온몸으로 흘러든다. 그러자 쉼터에서 겨우 저체온을 면한 팔다리에 다시금 닭살이 올라왔다.

할 수 있는 한 몸을 둥글게 말고 목을 잔뜩 움츠렸다. 그러고는 길거리를 아래위로 연신 살폈다. 혹시라도 위급한 상황이 일어날지 모르니 절대로 한눈을 팔면 안 된다.

김이 모락모락 오르던 유자차가 눈에 아른거렸다. 손으로 잡았을 때 따뜻하던 종이컵의 감촉, 목구멍으로 넘길 때의 그 뜨끈하면서도 달달 새콤하던 유자차의 감미가 사무치자 눈물이 핑 돈다.

몸의 오감이란 참 신비하고도 야릇한 감각이다. 그 느낌만으로도 사람을 웃게도 울게도 만드는 기이한 현상을 일으킨다.

'오늘 밤은 거기서 날걸 그랬나?'

그런저런 생각을 하고 있을 때다. 큰 길거리 쪽을 보고 있던 내 머릿속에서 경고신호음이 울려왔다. 모퉁이를 돌아오는 사람들의 실루엣이 보였거든. 어른은 아니고 내 또래의 남자아이들이었다.

아이들은 언뜻 보기에도 불량해 보였다. 껄렁한 몸짓에 담배까지 피우며 내가 있는 건물 쪽으로 걸어오고 있다. 나는 불량한 아이들을 좀 안다. 내가 다니던 학교에도 그런 애들이 더러 있었으니까.

그 애들은 무조건 시비부터 걸고 본다. 그냥 지나쳐도 될 일을 일부러 부딪치며 지나가고, 그도 저도 안 될 때는 다리를 걸어 넘어뜨리기까지 한다. 나중 일 따윈 염두에 없다. 그러니 최선은 그들 눈에 뜨이지 않는 거다.

'더 깊숙이 숨자.'

소리가 나지 않게 몸을 움직여 아예 계단 제일 안쪽으로 들어가 숨을 죽였다.

그런데 그 애들이 그걸 본 모양이다. 이럴 바에는 차라리 그대로 그 자리에 있을 걸 그랬다. 나는 잘 한다고 살금살금 이동해 갔는데, 그게 오히려 시선을 잡아끌었나 보다.

먼저 도착한 아이가 어둠 속으로 고개를 삐죽 들이밀어 나를 봤다. 그러는 사이에 다른 아이도 달려와 옆에 서서 나를 쳐다봤다. 먼저 온 아이가 호기롭게 키득키득 웃었다. 다른 아이도 따라서 킬킬댔다.

먼저 온 아이가 손가락을 까딱거렸다. 조명등이 있는 데로 나오라는 말이다. 내가 가만히 있자 그 아이가 더 큰 손짓으로 나오라는 신호를 보냈다. 순순히 나오지 않으면 끌어내겠다는 뜻이 담겨 있다.

할 수 없이 조명등 아래로 옮겨가 둘을 마주보고 섰다. 다행히도 둘은 나를 남자아이로 알았다.

먼저 온 아이가 손에 들고 있던 담배꽁초를 내던지며 말했다.

"담배 있냐?"

나는 벙어리 흉내를 내며 고개를 절레절레 내저었다. 그러자 그 아이가 이상하다는 듯 내 아래 위를 훑어보며 다시 물었다.

"돈은 있지?"

또 절레절레.

둘은 매우 실망한 얼굴로 나를 등지더니 옆얼굴을 서로 맞대고 귓속말을 말했다. 물론 내 귀에까지 다 들리는 귀엣말이었지만.

"쟤 벙어리 같지 않냐?"

"맞아, 안 되겠다. 그냥 사라지자."

"그래도 진짜 돈이 없는지 확인은 하고 가는 게 좋잖아?"

"그럴까?"

먼저 온 아이가 내 앞으로 바싹 다가왔다.

"내 말 잘 들어. 미리 경고하는데, 돈 있으면 당장 네 손으로 지금 내놔. 안 그러면 내가 뒤질 거거든. 그래서 나오면 그땐 죽음이니까, 돈 있는 거 다 꺼내놓는다. 실시!"

나는 서둘러 양쪽 반바지 호주머니에 손을 넣었다. 그래서는 뒤집어 보여주며 고개를 마구 가로저었다.

먼저 온 아이가 어깨를 으쓱했다.

"정말 없네, 깨끗하다."

다른 아이도 겸연쩍은 듯 귓바퀴를 긁적거렸다.

"그러네. 우리보다 거지야, 헐."

"뜨자."

"오키."

둘은 쉽사리 나를 놓아주고 가는 듯했다. 그러나 다른 아이가 걸음을 멈추자 먼저 온 아이도 멈춰 섰다.

다른 아이가 말했다.

"야, 그래도 둘보다는 셋이 낫잖냐? 쟤 보니까 오늘 방금 집 나온 애 같고 집도 좀 사는 거 같잖아."

먼저 온 아이가 신이 난 얼굴로 맞장구를 쳤다.

"그러니까 쟤를 우리 팸에 넣으면 앞으로 먹고 살길이 열릴 거란 뜻? 오, 천잰데."

"천재는 무슨. 내가 해 볼게. 넌 가만있어."

다른 아이가 내 앞으로 와서 서더니 눈웃음을 지어 보였다.

"야, 너 혼자 있으니까 무섭지? 너 우리 팸 하자. 우리랑 있으면 아무도 널 함부로 못 건드려."

내가 두 손을 홰홰 내저으며 거부 의사를 분명히 했다. 그러자 먼저 온 아이가 불퉁거렸다.

"한 주먹거리도 안 되는 게 겁도 없이 까불고 있어. 네깟 게 뭔데 우리 호의를 대놓고 무시해?"

다른 아이도 드러나게 화가 난 얼굴이다.

"맞아, 서로 좋자는 거지. 우리만 좋자는 건가, 어디?"

먼저 온 아이가 얼굴을 가까이 디밀고 생글거리며 물었다.

"야, 한 번 더 기회를 줄게. 그러니까 신중하게 머리 굴리고 신중하게 답해라. 너 우리 팸 할래?"

옆으로 돌아섰다. 얼굴을 똑바로 마주보며 또 다시 거부 표시를 하는 건 지극히 어려운 일이다. 그리고 서서는 고개를 크게 가로저었다.

둘의 호흡이 거칠어지는 소리가 들렸다. 돌아보니 다른 아이가 다가와 내 팔을 거칠게 잡고 나를 돌려세웠다.

"아무나 우리가 우리 팸에 막 넣어주는 줄 알아?"

순식간에 꿀밤이 휙 날아왔다. 머리통이 얼얼했다.

"이게 세상 물정을 몰라도 한참을 모르네. 고마운 줄 몰라."

이번에는 먼저 온 아이가 발길질로 내 정강이를 걷어찼다. 나는 비명을 지르지 않으려고 애쓰면서 뒤로 주춤주춤 물러섰다. 머리를 다치면 안 되니 두 팔로 머리를 감싸고서.

나는 두 아이가 껄렁하긴 해도 막나가는 아이들은 아니라는 걸 얼마 안 지나 알게 됐다. 나를 때리고 있어도 때리는 척할 뿐 진짜로 다치게 할 목적으로 그러는 건 아니었거든.

그 애들이 원하는 건 내가 자기들의 가출팸이 되어주었으면 하는 거였다. 조금 전에 저희끼리 말했듯이 우리집이 좀 사는 거 같으니까, 어떤 식으로든 도움이 될 거라는 생각에서 일 거다.

'도망치자!'

맞다가 생각해보니 이렇게 맞고 있을 일이 아니었다. 그래서 도망을 치려고 둘 사이를 뚫고 나가려 애써봤지만 그 애들도 멍청하지는 않았다. 나를 놓치지 않으려고 한 애는 내 팔을 잡고, 다른 애는 내 옷깃을 그러쥐고 놓아주지 않았다.

내가 풀쩍 주저앉아버리자 그제야 다른 아이가 내 앞으로 쪼그려 앉으며 빙글거렸다.

"이래도 우리 팸 안 할 거야, 이래도?"

먼저 온 아이도 거들었다.

"할 거라고 말해! 그럼 놔 줄 테니."

나는 무릎 사이에 얼굴을 묻었다. 도대체 이 난관을 어떻게 벗어나야 할지 알 수가 없다. 입술을 지그시 깨물고 눈을 꼭 감았다.

놔라, 아는 동생 맞다

"스르르륵~."

다세대주택 공동 현관 유리문이 갑자기 미끄러지듯 열리더니, 누군가가 밖으로 나와 다짜고짜 내 팔을 잡고 나를 일으켜 세웠다. 조명등을 등지고 선 남자는 고등학생 정도로 보였다. 하지만 얼굴은 잘 보이지 않았다.

"여깄었구나, 가자!"

너무 놀라 소름 끼치는 두려움이 와락 밀려왔고, 이대로 끌려가면 지옥행이 될 거 같은 기분이 들었다. 그러는 바람에 줄곧 벙어리 행세하고 있던 내 입에 봉인이 해제되며 비명이 터져 나오고 말았다.

"엄마아~!"

내 비명소리에 남자아이들이 깜짝 놀라 뒤로 물러나더니 나를 무슨 저승사자 보듯 봤다. 먼저 온 아이가 피시식 웃으며 겨우 말을 꺼냈다.

"뭐, 뭐야, 여자였어?"

다른 아이도 할 말을 잃은 표정으로 어깨를 으쓱했다.

"와, 여자네, 여자!"

상황을 잠시 지켜보고 있던 남자가 다시 나를 현관 안으로 끌어당겼다.

"춥다, 어서 들어가자."

나는 팔을 비틀며 거세게 저항했다.

"놔요, 놔!"

남자와 내가 아는 사이라고 믿던 두 아이가 그제야 남자를 수상하게 여기며 다가왔다. 내 반응을 보니 그게 아니라는 판단이 든 모양이다.

먼저 온 아이가 남자 팔에 손을 얹었다.

"진짜 얘가 형 아는 애 맞아요?"

남자가 그 아이 손을 먼지 털듯 털어냈다.

"놔라, 아는 동생 맞다."

'아는 동생?'

나는 남자를 돌아봤다. 그러나 머리 위에서 등 쪽으로 조명을 받고 있는 남자 얼굴이 도통 안 보였다.

'애들이 있을 때 이 남자한테서 벗어나는 게 맞겠어.'

나는 두 아이에게 도와달라는 눈빛을 발사하면서 젖 먹던 힘까지 다해 팔을 비틀어댔다. 그러자 다른 아이가 다가와 내 다른 팔을 잡았다.

"아니네, 형은 애랑 모르는 사이잖아요. 당장 이 손 놔!"

남자가 한숨을 쉬며 내 팔을 놓았다. 그리고는 휴대폰 플래시를 켜 자신의 얼굴을 비추더니 나를 향해 얼굴을 돌렸다.

"나다, 그렇게 모르겠니?"

"어머!"

생각도 못한 사람, 여기 이 자리에서 그를 볼 줄은 꿈조차 꿔본 적이 없는 사람. 나는 믿기지 않는 얼굴로 그를 올려다봤다.

선배와 나는 같은 중학교를 다녔다. 내가 신입생이었을 때 선배는 3학년이었다. 우리는 신문부 동아리에서 만났다. 원래 나는 동아리 활동을 하지 않으려고 했는데, 담임선생님이 최소한 한 개의 동아리에는 가입을 하라고 해서 마음의 부담을 안고 들어간 동아리가 거기였다.

엄마 때문에 늘 걱정이었던 나는 학교가 끝나면 항상 곧바로 집으로 가야 했다. 그래서 학원도 미술학원 말고는 아무 데도 안

다녔다. 집으로 가서 엄마를 위로하고 엄마의 상태를 살펴봐야한
다는 책임감 때문에, 친구도 사귀지 않았던 때여서 동아리 활동
이 사치라고 생각했던 거 같다.

그런 상황에서 신문부를 골라 들어가게 된 데에는 내가 신문기
자가 되고 싶었던 소망이 담겨 있었다. 크다 보면 꿈이 바뀔지도
모르지만 나는 신문기자라는 직업이 멋있게 보였다. 대중에게 알
려야 할 기사거리를 찾아내, 강단 있게 취재하고 용기 있게 기사
를 쓰는 신문기자들은 나의 우상이었다.

선배는 신문부장이었다. 동아리 모임 때 뒤에서 수군거리는 아
이들 얘기를 들어보니, 선배는 늘 전교 1등을 도맡아 하는 수재에
다가 공부벌레라고 했다. 집도 상당히 잘 살고 부모님도 법조인
에 의사라고 했다.

게다가 선배는 모델급의 키에 얼굴도 훈훈해 여학생들 사이에
서 가장 인기 있는 남학생이었다. 그런 일에 전혀 관심이 없는 나
란 아이만 맨송맨송한 얼굴로 그를 봤지, 여학생이라면 누구라도
그가 나타나면 탄성을 지르고 박수를 보냈다.

그러나 그렇게 들어간 신문부 활동도 실제로는 몇 번 안 나갔던
거 같다. 그리고 신문부 모임에 나가서도 뒤풀이 같은 데는 일절
따라가지 않았으니, 더욱 선배하고 친해질 기회가 없었던 거고.

그러니 우리는 서로 얼굴만 아는 정도…, 그 정도였다. 내가
모임이 있을 때마다 꼬박꼬박 나가지 않은 것이 가장 큰 이유지

만, 내가 2학년이 되었던 때 선배가 우리 학교를 떠나 고등학교에 진학했기 때문인 것도 비중이 컸다.

나중에 다른 회원에게 듣게 된 건데, 선배는 동아리 부장이었지만 나처럼 모임에는 잘 안 나왔었다고 했다. 동아리를 실제적으로 운영한 사람도 동아리 차장이었던 그 선배의 절친이라는 거였다. 그런데도 그 선배가 동아리 부장을 맡고 있었던 건, 아마 고등학교 진학을 위해서라고 다들 생각하는 듯했다.

하여간 비록 짧은 만남이었지만 내가 선배를 보고 느낀 점은, 그는 말이 거의 없고 아주 조용한 사람이었다는 거 그리고 항상 무슨 생각엔가 깊이 빠져 있는 사람이었다는 거였다.

'아, 맞다. 이제야 그게 생각났어!'

정말 깜빡 잊고 있었는데 선배가 고등학생이 된 다음에 딱 한 번 그에 대해 들은 말이 있었다.

초등학교 5학년 때 같은 반이었던 아이인 유미가 말해줬었다. 유미는 같은 중학교에 들어왔지만 반은 갈린 아이다. 그런데 신문부에 들어가 보니 유미가 있었다. 유미 또한 사교성이 있는 아이가 아니다 보니 나처럼 있는 듯 없는 듯 지내는 부류에 속했다.

신문부 두 번째 모임에 참석했더니, 먼저 와 있던 유미가 손을 들고 웃으며 내 옆으로 건너와 앉았다. 그 다음부터는 자연스레 내 옆 자리에 앉아 이런저런 얘기를 풀어놓곤 했었다. 그때 선배를 유미가 짝사랑하고 있다는 걸 나는 어렴풋이 알 수 있었다.

하루는 유미가 우울한 얼굴로 불쑥 이렇게 물었다.

"함새결 선배 소식 들었지?"

선배가 고등학교에 진학하고 난 다음 그를 본 적도 그에 대해 어떤 소식도 접한 적이 없었다. 그리고 솔직히 관심도 없었다.

"아니."

내 말이 차갑게 느껴졌는지 유미 눈썹이 미세하게 꿈틀거렸다.

"그 선배가 자살 시도 했다가 회복 중이라는 얘기 들리더라."

나는 깜짝 놀랐다. 그런 사람도 힘들구나. 그렇게 많이 가지고 많은 사랑과 많은 관심을 받는 사람도 자살을 시도할 만큼 큰 시련을 겪는구나. 그런 생각이 제일 먼저 들었다. 그래서 잠깐 동류의식이 느껴지기도 했다.

"그래?"

유미는 내 대답에 매우 실망하는 눈치였다. 같이 아파하고 같이 슬퍼해줄 줄 알았는데, 내가 미적지근한 반응을 보이자 그만 입을 다물어버렸다. 그래서 그 다음 이야기는 나도 모른다.

그리고 그 이후에는 나도 허리케인 같은 삶의 소용돌이 속에 휘말려 버려, 선배에 관한 일은 한 번도 되새겨 본 적이 없다. 깡그리 잊어버렸다고 해야 맞겠다. 물론 유미하고도 연락해 본 적이 없고 말이다.

선배의 말과 내 반응을 본 두 아이가 뒤로 물러서서 우리를 지켜봤다. 선배가 내 팔을 놨다.

"3층이 우리집이야, 들어가자."

나는 내 머릿속 회로를 풀가동해 손익계산을 따져봤다. 선배를 따라 선배 집으로 들어가는 게 맞는지, 아니면 거리에 남아 아침을 맞이하는 게 맞는지. 둘 다 선뜻 빼들고 싶은 카드는 아니다. 그러나 최선이 아니면 차선을 선택해야 한다.

선배 집에는 지금 부모님이 계실 거다. 그렇지만 그 분들은 주무실 시간이고. 그래서 선배가 나를 이 위기에서 구해주려는 거 아니겠는가. 그러니 모른 체 따라 들어가 오늘 새벽의 이 추위와 남자아이들의 무례한 강요를 모면하는 거도 괜찮은 일이다. 그 다음 일은 이 다음에 생각하면 된다.

"……."

그렇다고 냉큼 좋아요, 하며 따라 나설 수도 없는 일. 내가 뭉그적대며 시원스레 대답을 안 하자 선배가 다시 내 팔을 잡았다.

"따라 와."

선배를 따라 나는 공동 현관 안으로 들어섰다. 두 아이도 서로 눈짓을 하더니 우리를 따라 공동 현관으로 들어왔다.

선배가 돌아서서 말했다.

"쓸데없는 짓 하지 말고 이제 너흰 돌아가."

먼저 온 아이가 당차게 맞받아쳤다.

"진짜로 얘가 제 발로 형네 집에 들어가는지 우리 눈으로 직접 확인해야 돼요. 집으로 같이 가는 척하다가 우리가 가고나면 돌려보내려는 거 아니에요? 그리고 또 우리가 형을 어떻게 믿냐고요. 우린 얘를 우리 팸에 넣을 맘까지 먹었었거든요. 근데 혹시라도 형한테 얘가 강제로 끌려가는 거면 그땐 우리가 구해줘야 되니까, 그치?"

다른 아이도 고개를 끄덕거리며 야무지게 말했다.

"당연하지, 이 형이 지금 쇼하고 있는지도 모르고 다른 음흉한 생각이 있는 건지도 모르는 일이잖아."

순간 코끝이 찡했다. 역시 둘은 그렇게 나쁜 아이들이 아니었다. 나처럼 어쩔 수 없이 집을 나왔겠지.

선배가 코웃음을 픽 터뜨리더니 목소리 톤을 조금 높였다.

"그런 일 없고 그런 생각도 아니니까 좋은 말 할 때 가라. 빚쟁이처럼 졸졸 따라붙지 말고."

그런다고 쉽게 포기하고 돌아설 아이들이 아니었다. 먼저 온 아이가 빙글거리며 말을 했다.

"걱정 마요. 아무 일 없이 그냥 둘이서 집으로 들어가는 거만 보면 가지 말라고 해도 갈 거니까. 우리도 마구마구 시간이 넘쳐나는 그런 애들 아니거든요. 근데 만일 형 말이 거짓말이면 그땐 우리가 절대 가만 안 있어요."

다른 아이도 한 마디 거들었다.

"맞아, 맞짱 뜨는 건 기본이고 경찰에 신고해 은팔찌를 탁 채

우게 할 거니까 그렇게 알아요."

"그래? 그럼 그러든지."

선배가 한숨을 폭 쉬더니 앞장서서 계단을 올라갔다. 나도 따라 올랐다.

뒤따라오던 먼저 온 아이 말소리가 들렸다.

"에고, 쟤가 남자였으면 벌써 우리 갈 길로 갔을 텐데 여자애라서 참…."

다른 아이도 푸념을 했다.

"맞네, 그랬으면 지금쯤이면 이미 라면 한 냄비 끓여 먹고 꿈나라로 가고 있을 거다."

2층 층계참을 돌자 3층이 나타났다. 선배가 307호 팻말이 붙은 현관 앞으로 가더니 도어락 번호키를 눌렀다. 문이 열리자 안으로 성큼 들어선 선배가 현관문을 잡고 한편으로 물러서서는 나더러 들어오라는 눈짓을 했다.

나는 침을 꿀꺽 삼켰다. 열린 문 사이로 보이는 집안이 마치 블랙홀처럼 보였다. 한 번 빨려 들어가면 빛이든 전파든 어떤 물질도 다시는 빠져나갈 수 없다는 천체, 그 검은 구멍 말이다.

왜 그렇게 보였는지는 모르겠다. 생판 낯선 곳이라서 그랬는지, 안에서 혹시라도 만나게 될 선배의 부모님 때문인지, 아니면 상상조차 할 수 없는 일이 일어날 수 있는 미지의 세계로 보였기 때문인지도 모르겠고.

내가 망설이는 게 느껴졌는지 먼저 온 아이가 등 뒤에서 속삭였다.

"야, 들어가기 싫으면 우리랑 가자."

다른 아이도 재촉하듯 말했다.

"그래, 저 형 눈치 보지 말고."

나는 집안으로 발을 들여놓았다. 내가 들어서자 선배가 신을 벗고 실내로 들어가 돌아섰다. 나도 신을 벗고 들어가 돌아섰다. 그러자 다른 아이가 그때까지 잡고 있던 문손잡이를 탁 놓았다.

마지막으로 본 두 아이의 얼굴에서는 조금은 안심한 표정, 조금은 실망한 표정이 교차하고 있었다.

문이 거의 닫혔을 때 두 아이가 나를 향해 손을 흔들었다. 나도 손을 들어 마주 손가락을 까딱거렸다.

생각할수록 신통방통한 일

"자, 이리 와 이거 걸치고 여기서 잠깐 기다려. 따끈한 꿀차 한 잔 후딱 만들어 줄게."

어느새 무릎 담요 두 개를 가져온 선배가 소파 앞으로 가 내려 놓으며 눈짓을 했다.

선배의 그 말에도 나는 흔쾌히 그리로 가지 못하고 자꾸 안방 쪽을 살피게 된다. 선배 목소리가 너무 커 금방이라도 선배 부모님이 거실로 나오실 거만 같았거든. 아무리 지금 시간대가 다들 깊은 수면에 빠져있을 때라도, 이 정도 목소리 톤이면 누구라도 잠을 깰 테니까.

내 반응을 본 선배가 겸연쩍게 웃으며 주방으로 걸어갔다.

"일단 앉아. 그리고 안 그래도 말하려던 참이었는데, 여기 이 집은 나 혼자 쓰는 데야. 그러니까 당연히 여기선 나 혼자 살겠지? 그러니 우리 부모님 걱정 따윈 안 해도 돼."

심장이 터질 듯 쿵쾅거렸다. 현관을 봤다. 그러고 보니 현관에는 내 신, 그리고 선배의 신으로 보이는 운동화와 랜드로버 두 켤레가 다였다. 거실을 봐도 주방을 봐도 살림을 하는 집이 전혀 아니다.

'미쳤지, 미쳤어!'

어쩌자고 덜컥 내 발로 걸어 아무나 따라 여기로 들어온 걸까? 등에서 식은땀이 쫘악 올라왔다.

'아무나?'

선배가 아무나인가? 머릿속이 완전 뒤죽박죽이 되는 기분이다. 다리에 힘이 풀리면서 비틀거리다가 기대고 섰던 소파로 털썩 주저앉고 말았다.

'이제라도 도망칠까?'

엉덩이를 슬쩍 들어 올리는데 나도 모르게 풋, 웃음이 나왔다.

'선배가 뭐 푸른 수염이라도 되나. 내가 도대체 무슨 생각을 하고 있는 거야?'

프랑스 동화작가의 동화 '푸른 수염'에 등장하는 엽기적인 귀족 남편 그 '푸른 수염' 말이다. 동화 속 그 살인귀처럼 선배가 나를 죽이기라도 할까 봐? 말도 안 되잖아.

선배는 내게서 등을 돌린 채 꿀을 몇 스푼 덜어 넣은 머그잔에 끓인 물을 따라 부었다. 그러고는 천천히 스푼으로 젓고 또 저었다.

'선배는 내가 진정하길 기다리고 있는 거야. 그는 내 맘을 다 알고 있어. 선배 등이 그걸 말해주고 있잖아.'

얼굴이 화끈거렸다. 이런 내 생각까지 꿰고 있는 선배에게 부끄럽고 미안했다. 마음을 가라앉히려고 무릎 담요 하나는 어깨에, 다른 하나는 무릎에 덮고는 거실을 둘러봤다. 거실 벽이나 실내에는 아무런 장식이나 소품이 없다. 주방도 그랬다. 꼭 필요한 몇 가지만을 들여 놓은 임시 거처 느낌.

무릎 담요 덕에 금세 온기가 온몸으로 퍼진다. 이제야 감각이 서서히 사라져 가던 내 몸에 피가 제대로 흐르는 거 같다.

선배가 내 옆으로 와 나란히 앉으며 들고 온 머그잔 두 개를 탁자로 내려놓았다. 김이 모락모락 나는 쌍둥이 컵 중 하나를 선배가 내 앞으로 밀어줬다. 나는 컵을 들어 손바닥으로 감싸고 냄새를 맡아봤다.

달큰한 꿀향이 코끝으로 건너온다. 별 일이 아닌 이런 일에 가슴이 뭉클해지고 코끝이 이리 매워지다니…. 사람은 고생을 해봐야 일상의 일들이 행복이었음을 알게 된다던가.

선배는 잠자코 차만 마셨다. 아마 할 말을 고르고 있을지도 모른다. 아니다, 내 혼란스런 심리상태를 잘 알고 있는 선배로서는 쉽사리 어떤 말을 꺼내지 못 하고 있는 걸 거다. 그럼 내가 먼저 말을 꺼내는 게 낫나?

'노놉!'

내가 뭐라고 말을 해도, 어떤 질문을 한다 해도 지금 선배는 편치 않을 수 있다.

"꿀차 괜찮아?"

선배가 기습적으로 말을 꺼냈다.

'나이스~!'

이런 질문 환영한다. 역시 선배는 노련하다. 가장 어색할 때 이런 단조로운 질문을 던지는 건 언제나 훌륭하다. 이렇게 간단한 걸 난 생각도 못 했다.

"좋아요, 맛있고."

"다행이네. 그럼 끓인 물 더 있으니까 다 마시고 나거든 한 잔 더 해."

나는 고개를 끄덕끄덕했다.

"예."

선배가 잔기침을 몇 번 했다.

"조금 전에 내가 한 말 듣고 너 무지 놀랐지? 당연히 넌 집에 우리 부모님이 계실 거라고 믿었을 거니까. 근데 실은 나도 일단 너를 거기서 구해내야겠다는 생각만 했을 뿐 막상 너를 데리고 들어왔더니 그제야 생각조차 못 했던 그런 걱정거리가 머리를 탁

스치는 거야. 그래서 깜짝 놀랐고 너무 당황해 잠깐 어쩔 줄 몰랐어."

선배가 슬쩍 나를 돌아봤지만 나는 가만히 듣기만 했다.

"너 혹시 나 고등학교 진학하고 나서 있었던 일에 대해 뭐 들은 거 있어?"

선배에 대해 들은 거라면 유미가 해 준 말이 마지막이었다. 그때를 떠올리자 매우 실망스런 눈으로 나를 보던 유미가 또렷이 떠올랐다.

"선배한테 안 좋은 일이 생겼고 병원에서 회복 중이라는 말만 들었어요. 자세한 건 모르고요."

선배가 고개를 끄덕였다.

"그때 나는…."

중학교 때까지는 전교 1등을 유지하는 게 그렇게 어렵지는 않더라. 엄마가 하라는 대로 하면 늘 1등이더라고. 부모님이 이끄는 대로 앞만 보고 코가 꿰인 소처럼 따라가고 있었던 거야.

그런데 고등학교에 오니까 그게 아니었어. 나만 잘 하는 게 아니더라고. 잘 하는 애들만 모아놓은 데서 전교 1등을 유지하는 건 클래스가 다르더라. 1학년 들어와 중간고사 쳐보고 단번에 그걸 느낀 거지.

전교 10등 안에도 못 든 성적을 보더니 우리 엄마 뭐라는 줄 알아? 휴우…, 하여간 그때부터 자신이 없어지더라고. 내 앞날에 대한 자신도, 엄마가 하라는 대로 꾸역꾸역 공부만 할 자신도. 자신감이란 자신감이 깡그리 사라져버리더라니까.

한동안 머리가 팽 돌 정도로 고민을 했지. 사실 중학교 3학년 때부터 나는 내 진로에 대한 고민이 많았는데, 그걸 부모님한테는 전혀 내색 않고 속으로만 애를 태우고 있었어. 맞아, 우리 부모님이 원하는 직업하고 내가 원하는 직업은 하늘과 땅만큼 달랐던 거야.

부모님은 내가 법관이나 의사가 되길 바라셔. 난? 음, 나는 글 쓰는 직업, 그 중에서도 소설가가 되고 싶어. 그러니 우리가 서로 바라보는 방향이 얼마나 다르냐고. 근데 왜 그게 되고 싶은지 궁금하구나?

글쎄, 왜일까. 아무 거도 아닌 일에 상처받고 별일 아닌 일에도 다치기 쉬운 내 마음을 글로써 위무하고 싶다고나 할까. 더불어 내 글이 다른 누군가에게도 위안이 된다면 나로서는 더 이상 바랄 게 없을 거 같아.

그런 가슴 저 밑바닥에서 똬리를 틀고 있던 내 진로에 대한 갈망이 눈을 번쩍 뜨자 그 다음부터는 자제가 안 되더라. 게다가 그때부터는 집안이 마치 거대한 감옥같이 느껴지는 거야. 엄마는 나를 감시하는 교도관처럼 보였고.

공부가 싫어지더라고. 공부는 하고 싶은 사람만 하면 되지, 왜

다 해야 돼? 언제까지 부모님이 시키는 대로 공부, 공부, 공부만 해야 하는 거야. 하고 싶지도, 되고 싶지도 않은 공부에 매달려 인생을 허비해야 하는 거냐고.

고민에 고민을 거듭하던 나는 그만 잠깐 잘못된 생각을 해버린 거지. 눈을 뜨니까 병원이었어. 엄마가 발을 구르며 펑펑 울고 아빠도 자꾸만 눈물을 훔치시더라. 마음이 아팠지만 정말 죽으려고 생각했었는데 살아나니까 참 난감하기 짝이 없어 눈을 뜨기가 싫더라.

병원에서 일 주일 정도 입원했다가 퇴원했는데 그때 이 집으로 들어 온 거야. 엄마는 마땅히 내가 집으로 갈 거라고 생각했지만 나는 생각이 달랐어. 나 혼자 살면서 학교에 다니고 공부할 테니 원룸 같은 거 얻어달라고. 공부는 하겠다고. 그리고 다시는 자살 시도 같은 건 안 하겠다고 간절히 부탁했던 거지.

아빠가 먼저 그러라고 하시더라. 엄마는 끝내 시원스레 허락을 안 했지만 결국은 세놓았던 이 집을 정리해 내가 살게 해주었지. 청소나 음식 같은 건 일하는 아줌마가 와서 다 준비해 주시고, 우리 엄만 어쩌다 한 번씩 들러 집을 살펴보곤 가셔. 거의 안 온다고 보면 돼. 내가 싫어하니까 되도록 안 오려고 하시는 거 같아.

참, 오늘 네가 위험에 처하게 된 걸 내가 어떻게 알았는지 궁금하지? 학교 갔다 오면 내가 매일 같이 늦잖아. 그래도 밤참 먹고 공부 좀 더 하다가 자거든. 자려고 창문 닫으러 갔는데 어떤 애가 쉼터 앞에서 서성거리는 게 보이더라.

처음에는 넌 줄 몰랐지. 문을 닫고 커튼을 치며 보니까 네가 고개 들고 하늘을 보는데 너더라고. 깜짝 놀랐지. 얼마나 놀랐는지 후덜덜 가슴이 쿵 하고 바닥까지 떨어지는 거야.

그때부터 널 지켜보게 됐는데, 네가 거길 들어가더니 한참을 안 나오기에 거기서 자려는가보다 했지. 근데 네가 거길 다시 나오더라고. 어이쿠, 큰일 났다 싶더라. 그게 보통 일이야? 눈에서 오던 잠이 싹 달아나더라니까.

그 다음부터는 너도 다 알고 있는 그대로고 말이야. 그래서 적당한 시기를 보던 중 도저히 안 되겠다 싶어 내가 달려 내려갔던 게 그때야.

그리고, 실은 나도 네가 자퇴했다는 얘길 들었어. 내 친구인데 신문부 차장 했던 애 알지? 맞아, 도현이. 김도현. 걔가 그러더라고. 네 엄마가 봄에 돌아가시고 네가 1학기 말에 학교폭력 관련으로 자퇴했다고 말이야.

다른 애들이 잘 알지도 못하면서 너에 대해 이러쿵저러쿵해도, 도현이랑 나는 네가 그런 애가 아니라는 걸 우린 진작부터 알고 있었어. 사람은 겪어 보면 알잖아. 내가 느낀 건데, 너는 너 자신을 내세우지도 않고 남을 깎아내리지도 않더라. 나는 그거 하나만으로도 네가 괜찮은 애라는 걸 알게 됐지.

또 하나, 넌 늘 표정이 밝지 않았거든. 그래서 평탄치 않은 집안 아이구나, 생각했는데 도현이 얘기 듣고는 결국 그렇게 됐구나, 했었지. 그랬는데 네가 집을 나올 정도로 심각한지는 몰랐고, 아까 쉼터 앞에서 서성이는 네 모습을 보고나서는 정말 걱정 되더라.

얘기를 끝낸 선배가 내 빈 머그잔을 들고 일어났다.

"한 잔 더 줄게."

"예, 고맙습니다."

선배가 금방 꿀차를 리필해서 가지고 왔다. 나는 다시 머그잔을 손바닥으로 감싸 들었다. 선배가 옆으로 앉아 나를 돌아보며 말했다.

"이불 하나 갖다 줄 테니까 넌 여기서 자. 난 이제 내 방에 가서 잘게. 그래도 조금은 자고 일어나야 내가 학교 가서 안 졸겠지? 너도 그렇고."

내가 손사래를 쳤다.

"아뇨, 전 괜찮으니까 신경 쓰지 말고 어서 가서 주무세요. 저는 그냥 여기 앉아 있다가 날 새거든 갈게요."

"그러지 말고 조금이라도 자. 난 어차피 학교에 가야 되니까 시간 되면 알아서 조용히 여기서 나갈게. 그러니까 넌 푹 자고 일어나 가고 싶을 때 가면 되잖아. 맞지?"

그러고는 서둘러 방으로 들어가더니 이불을 가져와 소파로 내려놓았다.

"감사합니다."

선배가 씨익 웃었다.

"혹시 배고프거나 간식 같은 거 생각나면 저기 주방을 뒤져 봐. 우리 엄마가 그런 건 확실하게 챙겨 주거든."

내가 이불을 끌어당기며 고개를 끄덕거리자 선배가 방으로 들어갔다. 나는 선배가 들어간 방을 한동안 뻔히 쳐다봤다.

'어떻게 그 시간에 선배가 나를 보게 됐을까.'

생각할수록 신통방통한 일이다. 만약에 선배가 딱 그때 나를 못 봤다면 내게 어떤 일이 일어났을까. 나를 봤더라도 그게 나라는 걸 몰랐다면. 확실한 건 분명 내게 어떤 일이 일어났을 거라는 거다. 생각만 해도 아찔하다.

남자아이들 때문만은 아니다. 새벽녘의 추위가 온몸에 가혹한 통증을 유발하고 있던 그 시각, 그대로 길거리에 방치돼 있었더라면 아마 나는 저체온으로 쓰러졌거나 어떻게 됐을 테지.

일어나 창문으로 가 봤다. 선배가 나를 내려다 봤다는 그 창문가로 말이다. 그 자리에 서니 길거리 정경과 쉼터 앞 풍경, 공동 현관 앞 상황이 훤히 보였다.

'참, 그 아이들!'

고개를 밖으로 쭉 내밀고 거리를 살펴보니 남자아이들은 흔적도 보이지 않는다. 그 애들마저 없는 거리가 한없이 텅 빈 거 같다.

가을이라 더욱 눈물 나는 가을

내가 어떻게 이런 아름다운 숲속으로 온 거지? 알록달록한 꽃들이 만발하고, 형형색색의 새들이 지저귀는 이 숲속에 말이야. 너무나도 황홀해 믿어지지가 않고 눈물까지 핑 돈다.

'그런데 길이 어딨어?'

숲이 하도 울창해 길이 보이지 않는다. 길을 찾아 이리저리 다니다 보니 느닷없이 이제는 녹색 잔디가 융단처럼 펼쳐진 한 정원이 나타난다. 도무지 무슨 조홧속인지 알 수가 없다.

'일단 저리로 가보자.'

나는 조심조심 잔디 정원으로 들어선다. 한데, 정원 한가운데 누군가가 서서 두 팔을 벌리고 나를 보며 활짝 웃고 있다. 사방은 눈이 부시도록 환한데 그 사람의 얼굴만 유독 안개가 낀 것처럼 흐릿하다. 그래서 누군지 모르겠더니 가까워질수록 엄마라는 확신이 든다.

나도 두 팔을 벌리고 뛰어가며 소리쳤다.

"엄마, 우리 엄마 맞지?"

엄마가 다정하게 내 이름을 불렀다.

"온아~!"

"엄마아~!"

몇 발자국 앞까지 다가갔을 때 놀라운 광경이 펼쳐졌다.

엄마의 몸이 마치 촛농처럼 녹아들어가고 있는 거다. 손가락, 발가락, 머리, 어깨 끝에서부터 사르르 몸통 쪽으로 녹아내리더니 얼굴도 몸도 모두 녹아버려 나중에는 흔적도 없이 사라져버리고 만다.

"엄마, 가지 마! 제발, 나만 두고 가지 마."

통곡을 하며 엄마가 있던 자리로 가보지만 엄마는 어디에도 없다.

눈을 뜨니 어느새 아침이 밝아 있다. 잠깐 낯선 풍경에 깜짝 놀랐지만, 이내 선배 집이었다는 생각에 안심이 된다. 일어나 앉아 집안을 둘러봤다. 선배 운동화가 없다. 선배는 학교에 간 모양이다.

얼마나 깊이 잠들었으면 사람이 나가도 몰랐을까. 한심하다는 생각에 볼이 화끈거린다.

소파 앞 탁자에 포스트잇이 붙어 있다.

「나 학교 간다. 반찬은 냉장고, 밥은 즉석밥 돌려 먹어. 그리고 연락처 남길 테니 급할 때 꼭 연락해 010-○○○○-○○○○ 함새결」

'함 · 새 · 결!'

한 자 한 자 또박또박 발음해 본다. 새삼 고마운 마음에 가슴 속에서 잔잔한 감동의 물결이 인다.

벽시계를 보니 10시 15분이다. 메모지를 호주머니에 집어넣고 주방으로 가 봤다. 냉장고를 열고 물통을 꺼내 시원한 물부터 한 잔 마셨다. 갈증이 있었던지 한 잔으로는 부족해 내리 두 컵을 마시고 나자 속이 좀 다스려진다.

일하는 아줌마가 온다더니 냉장고는 깨끗하게 관리되고, 반찬들과 식재료들이 가지런하게 있을 자리에 놓여 있다. 수납장들도 하나씩 열어봤다. 라면과 간식과 차와 즉석밥들이 열을 맞춰 보기 좋게 진열돼 있다.

'어쩌나, 세수만 하고 그냥 나가버릴까?'

구해 주고 재워 준 거도 고마운데, 내 맘대로 밥을 찾아먹고 간다는 게 얌체처럼 보이지 않을까? 그런 생각이 가장 먼저 들었다.

하지만 뱃속에서 속이 비었다고, 밥때가 지나도 한참은 지났다고 아우성을 쳐대니 망설여지긴 한다.

'그래도 밥은 먹어야겠지? 먹고 나서 간단하게 씻고 나가자.'

사람의 마음은 보통 자신에게 손톱만큼이라도 유리한 쪽으로 흐르게 마련이다. 아주 조금이라도 이득이 되는 쪽으로 흐르는 게 인간 생존의 법칙 아닐까. 거기에서 나도 예외일 순 없다.

'좋아, 일단 배부터 채우자.'

속부터 든든하게 해놓은 다음 씻고 나가는 게 좋겠다. 선배에게 많이 미안하긴 해도, 이 집을 나서면 오늘 하루 어떤 일이 나를 기다리고 있을지 나는 모른다. 그러니 끼니를 제대로 먹을 수 있다는 보장 같은 게 내겐 없는 셈인 거다.

그렇다면 먹을 수 있을 때 먹는 게 최선이다. 즉석밥을 꺼내 전자레인지에 돌려놓고 반찬 몇 가지를 접시에 덜어놓았다.

내가 좋아하는 오징어채볶음, 소고기장조림, 그리고 김치를 보니 엄마 생각이 났다. 엄마도 내가 좋아하는 반찬을 이렇게 잔뜩 만들어 가득가득 냉장고를 채워놓곤 했는데. 과일이랑 음료랑 빵이 떨어지지 않도록 해놓았었는데.

그걸 아쉬움 없이 먹을 때는 내가 나중에 그 음식을 그리워할 줄 몰랐다. 또 엄마한테 고맙다, 진짜 맛있다, 너무너무 사랑한다, 그런 말을 끝내 전하지 못했다. 후회하는 게 사람이니까. 한 치 앞을 모르는 게 사람이니까.

전자레인지에서 밥을 가져와 식탁에 앉아 밥을 먹는다. 엄마 솜씨와는 다르지만 그런대로 반찬들이 맛있다. 그 중에서 김치가 엄마가 해준 것과 제일 다르다. 엄마 김치는 고춧가루를 많이 쓰지 않는데, 이 집 김치는 아주 빨갛다. 그래도 익고 나니 맛은 비슷비슷하다.

'선배는 졸리지 않을까? 잠도 몇 시간 못 잤을 텐데.'

나라는 낯선 존재가 자기 집 거실에 떡하니 버티고 있으니 어찌 잠이 왔을까. 아마 거의 날밤을 새웠을 수도 있다.

그런데도 나는 선배가 방으로 들어가자마자 세상모르고 잤다. 심지어는 선배가 학교에 가는 거도 모르고 말이다. 참 나란 아이도 알고 보면 웃기는 애다. 이런 웃픈 상황에서도 꿀잠을 잤으니.

'혹시…, 선배가 나가면서 내 얼굴을 들여다보고 간 건 아닐까.'

거기까지 생각이 미치자 후다닥 현관 앞에 있는 거울로 달려가 봤다. 어쩌면 침을 흘리며 잤을지도 모르거든.

아니다, 아니야. 그게 문제가 아니야. 어젯밤에 아빠한테 뺨을 맞아 얼굴이 퉁퉁 붓고 입술까지 터져 지금 내 얼굴은 형편이 없을 거잖아. 아오, 어쩌지!

'휴우, 다행이네.'

거울 속의 나는 얼굴색이 조금 해쓱할 뿐 다행스럽게 볼도 입술도 그대로 가라앉아 별 이상이 없다. 침을 흘린 자국 같은 거도 보이지 않는다. 자리로 돌아가 다시 밥을 먹는다.

'빨리 먹고 설거지까지 해 놔야지.'

밥을 거의 다 먹었을 때다. 복도에서 사람소리가 났다. 두 중년여자 목소리 같았다.

늙수레한 여자 목소리였다.

"잘 지내죠?"

조금 젊은 여자 목소리가 대답을 했다.

"예, 별일 없으시죠?"

"그럼요. 내가 혹시나 싶어…. 노파심, 뭐 그런 거죠."

"아니에요, 관심 가져 주시니 저희는 고맙습니다."

"그럼 또 봅시다."

"예, 감사합니다. 안녕히 가세요."

문 가까이서 얘기들을 나누는지 말소리가 안에 있는 나에게도 그대로 들렸다. 이웃끼리 나눌 만한 평범한 얘기를 주고받던 두 사람은 그 즈음에서 헤어지는 듯했다.

마침 밥을 다 먹어서 나도 설거지를 하려고 일어났다. 그런데 어디선가 도어락 번호키 누르는 소리가 들렸다. 그러더니 문이 열리는 소리가 덜커덕 났고.

'뭐지?'

등을 타고 한 줄기 전기가 자르르 흘러내렸다. 뒤를 홱 돌아봤더니 40대 초반의 여인이 문을 열고 들어서는 게 보였다. 나도 모르게 털썩 주저앉고 말았다. 눈앞이 캄캄했다.

놀라기는 그 여인도 마찬가지였다. 마치 귀신이라도 본 얼굴로 잠시 동안 정지화면처럼 나를 보더니 서둘러 문을 열고 나갔다. 여인은 아마 집을 잘못 찾아들어온 게 아닌가 싶어 호실을 확인하러 나간 모양이었다.

"맞네, 307호 맞잖아!"

금세 다시 들어선 여인이 나를 보고 소리를 빽 질렀다.

"너 누구야? 여긴 내 아들 함새결이만 있어야 하는 덴데, 넌 누구냐고."

선배는 엄마를 많이 닮았다. 엄마라고 누가 소개를 하지 않는데도 나는 여인이 들어서는 순간 한눈에 알아봤다.

"……."

나는 비칠비칠 일어나 기도하듯 두 손을 앞으로 모아들고 여인을 바라봤다. 일이 이렇게 된 데 대한 나의 안타까운 마음을 담아서.

내가 할 수 있는 건 그거밖에 없었다. 잘못했다고 할 수도 없고, 용서해 달라고 할 수도 없다. 아무리 생각해 봐도 내가 잘못한 일이 없고 용서를 빌 만한 일을 한 게 없으니까.

하지만 일이 이상하게 전개된 건 맞으니 두 손을 모으고 그저 빌 수밖에. 참으려고 해도 저절로 눈물이 나왔다.

'밥만 안 먹었어도.'

욕심을 부리는 바람에 이런 화근을 만들었다. 잠에서 깨자마자 이 집을 나갔다면 이런 일이 생길 수 없었는데 말이다.

'선배한테 미안해 어쩌지.'

가뜩이나 엄마하고 사이가 좋지 않은 선배에게 큰 부담을 주게 생겼다. 이런 미련한, 미련 곰탱이 같은….

여인이 들고 있던 가방을 거실에 내던지며 신을 벗고 들어와 내 아래위를 마구 훑어봤다.

"어머, 어머, 애 좀 봐. 여기서 한동안 산 거 아냐? 실내복을 입고 있잖아. 세상에나, 세상에나!"

여인은 발을 구르고 눈물을 글썽이다가 집안을 둘러보기 시작했다. 싱크대로 가더니 콧방귀를 뀌며 말했다.

"해다 놓은 반찬에 밥까지 먹고!"

나를 무섭게 노려보더니 선배 방으로 부리나케 달려갔다.

"이것들이 정말…!"

너무 두려웠다. 아빠에게 맞았던 일, 집을 나와 맞닥뜨렸던 여러 가지 힘겨웠던 일들보다 훨씬 공포스러웠다.

'도망쳐, 당장!'

마법에라도 걸린 거 같이, 얼음덩이로 변한 사람 마냥, 버썩 얼어 꼼짝도 못하고 섰던 내 마음 깊은 곳에서 둥둥 외치는 소리가 들려왔다.

가까스로 정신이 번쩍 든 나는 그때서야 비호처럼 몸을 날렸다. 내가 밖으로 나가는 소리가 들렸던지, 선배 방에서 바삐 여인이 나오는 소리가 들렸지만 나는 멈추지 않았다.

"얘, 야아~!"

여인이 소리치며 나를 따라 나왔다.

나는 계속 달렸다. 여인도 건물 밖까지 따라 나와 나를 불렀다.

"얘, 서. 서 보라니까!"

아무런 소리가 나를 따라오지 않을 때까지 달렸다. 큰 사거리가 나오고 지하철 출입구가 보이자 드디어 달리기를 멈췄다. 입술을 깨물어도 혀를 깨물어도 자꾸 눈물이 났다.

그래서 그러는 거겠지만 지나가는 사람들이 나를 흘금흘금 쳐다봤다. 요즘은 아이들을 예사로 보고 지나다니는 어른들이 잘 없는 거 같다. 가정폭력, 학교폭력, 사이버폭력, 이런 게 흔하다 보니 문제가 생긴 거 같은 아이들을 보면 아주 유심히 본다.

내 곁을 지나치는 사람들도, 혹시라도 도울 일이 없을까 보고 있는 눈치다. 실제로 전화기를 만지작거리는 언니도 있다. 나는 얼른 눈물을 훔치고 그 언니를 보며 조금 웃어보였다. 그러자 그 언니가 가던 길을 갔다.

자리를 옮겼다. 사람들 눈을 피할 수 있는 데를 찾다가 아파트 정자로 갔다. 학생들은 모두 학교로, 어른들은 죄다 직장으로 간 시간이니 정자에는 사람이 없다. 텅 비어 있는 정자라 내가 잠시 앉았다가 가기에는 안성맞춤이다.

정자에 앉아 하늘을 봤더니 하늘이 높고 푸르다. 가을 아닌가, 가을. 가을이라 더욱 눈물 나는 가을이다. 이렇게 가을이 깊어지고 있는데 나는 이 시간에, 이런 데서, 이러고 있다.

'어쩌다가 이렇게 됐을까?'

어쩌려고 집은 나온 건가 말이다, 왜, 왜!

그러니까 나는 바보인 거지

떡볶이와 만두를 먹고 있다. 점심을 굶었더니 배가 몹시 고팠었는데 유미를 만나 분식점에 왔고 유미가 사준 거다.

유미는 지금 내 앞에 없다. 내게 옷을 가져다주겠다며 음식만 시켜주고는 곧장 집으로 갔거든.

유미가 학교에서 돌아올 시간에 맞춰 내가 유미네 집 부근에서 기다린 거지. 아무리 머리를 짜내 봐도 유미 말고는 딱히 나를 도와줄 사람이 없었으니까. 사실 선생님한테 연락을 하고 싶은 마음이 굴뚝 같았지만 도저히 그럴 수는 없었다.

고인해 선생님 말이다. 명예보호관찰관으로 나에 대한 보호관찰을 맡고 계신 우리 선생님. 선생님은 벌써 내 일을 알고 계실 테지. 밤새 나를 기다리던 아빠가 날이 새도 내가 귀가하지 않으니 선생님께 이미 연락해 놓았을 거라는 걸 안다.

그래서 선생님이 제일 보고 싶고, 선생님한테 도움을 받고 싶지만 지금으로서는 그럴 수 없다.

'얼마나 실망하셨을까?'

그게 가장 마음 아프고 속상하다. 고인해 선생님한테 만큼은 절대로 실망 같은 거 시키고 싶지 않았다. 좋은 모습, 차츰차츰 나아지는 나를 보여주고 싶었다. 그래서 나를 보며 고개를 끄덕이는 선생님을 보고 싶었는데….

'선생님이 내 전화를 엄청 기다리고 계실 거야.'

생각할수록 마음이 아리고 슬퍼진다.

유미가 올 때가 됐는데 싶어 유리문 밖을 살피고 있다. 아까 유미를 만났을 때, 유미가 집으로 막 들어가려고 할 때쯤 내가 나타나자, 놀라서 눈이 휘둥그레지던 유미가 생각난다. 어머, 어머! 유미는 그 말만 자꾸 했다.

'그럴 만도 하지.'

입고 있는 옷이랑 신발이랑 하나 같이 허술하고, 까치집을 지은 머리에 얼굴까지 꾀죄죄했을 테니까. 얼마나 놀라고 황당했을까.

그러고 보면 유미는 꽤 마음이 따뜻한 애다. 그런 모습으로 불쑥 나타났는데도 모른 체하거나 남의 시선 따위 의식하지도 않고 내 손을 덥석 잡았거든. 눈물이 찔끔 나오더라고.

유미는 내 행색을 살피더니 그거부터 물었다.

"너 점심 안 먹었지?"

가슴이 뭉클했다. 내 속을 훤히 들여다보기라도 하듯 어찌 그리 내 맘을 잘 아는지. 산전수전에 공중전까지 치른 할머니 같이 말하더라니까.

"응, 배고파. 춥고."

유미가 눈물을 글썽이며 나를 데리고 여기로 오더니 음식을 맘껏 시키라고 했다. 그래서 시킨 게 떡볶이와 만두였다. 고작 이정도만 먹으면 위장이 풀 상태가 되는 게 나다. 음식에 대해서는 욕심도 욕망도 없는 게 나다.

유리문 앞에 유미가 나타났다. 유미는 유리창 너머로 내가 잘 있는지 확인하는 눈치더니, 내가 보이자 활짝 웃으며 문을 열고 들어왔다. 얼마나 빨리 오려고 애썼는지 볼이 빨개진 유미를 보니 미안했다.

유미가 앞으로 와 쇼핑백을 내밀었다. 안에는 카디건, 티셔츠, 청바지, 야구모자, 양말 그리고 운동화가 들어 있었다.

유미가 화장실을 가리켰다.

"빨리 갈아입고 와."

고맙고도 미안한 양가적 감정에 눈가가 또다시 촉촉해진다.

"응."

나는 얼른 일어나 쇼핑백을 집어 들었다.

옷을 갈아입은 김에 세수도 했다. 머리카락에도 물을 묻혀 대
충 가다듬었다. 그러고 나니 내가 봐도 좀 봐줄 만하다.

'바보!'

거울 속에서 나를 노려보고 있는 나를 보니 그렇게밖에 해 줄
말이 없는 거 같다. 그러니까 나는 바보인 거지.

'휴우~, 유미가 나하고 체구가 비슷해 정말 다행이야.'

키도 체격도 달랐다면 유미를 찾아올 생각 같은 건 안 했을 거
다. 유미를 찾은 건 사실 옷이 급했거든. 춥기도 추웠고 사람들이
나를 머리에 꽃을 꽂은 아이로 보는 게 정말 싫었다.

입고 있던 것들을 빈 쇼핑백에 모두 집어넣었다. 마지막으로
머리카락에 물을 한 번 더 발라 반듯하게 정리를 한 다음 화장실
을 나왔다.

기다리고 있던 유미가 생긋 웃었다.

"우와, 잘 맞다. 꼭 네 옷 같아."

내가 쑥스럽게 마주 웃었다.

"그치?"

"운동화까지 딱 맞네."

"응."

유미가 빈 접시들을 보더니 고개를 숙이고 탁자에 붙은 메뉴판

을 들여다봤다.

"라면 먹을래, 아니면 순대?"

내가 메뉴판을 손바닥으로 가리며 고개를 잘래잘래 저었다.

"아냐, 아냐. 나 배불러, 진짜야."

"그래? 알았어, 그럼."

그보다 나는 유미네 엄마가 걱정됐다. 하교한 유미가 집에 들어서자마자 쇼핑백을 챙겨 나오는 걸 봤을 테니까 말이다. 유미 엄마는 주부이고 유미의 일이라면 동에 번쩍 서에 번쩍 하는 사람이다. 소위 말하는 헬리콥터 맘으로 내가 알고 있다.

"엄마가 아무 거도 안 물었어?"

유미가 눈을 찡긋했다.

"걱정 마. 엄마 지금 집에 안 계셔. 요즘 우리 엄마 일 주일에 두 번씩 민화 배우러 다니거든."

그림 얘기가 나오자 귀가 솔깃했지만, 엄마가 안 계셔서 들키지도 않았다고 하니 그게 더 반가웠다.

"그렇구나. 민화 배우러 다니셨네."

"응, 아주 재밌어하셔. 이젠 거의 화가 수준이고. 그 덕분에 나도 좀 숨통이 트이는 거지. 그래도 저녁 먹기 전까지는 어김없이 돌아와 다시 눈을 부릅뜨고 나를 감시하는 게 우리 엄마잖아."

"……."

「그래도 저녁 먹기 전까지는 어김없이 돌아와 다시 눈을 부릅

뜨고 나를 감시하는 게 우리 엄마잖아.」

듣고 있는데, 그 대목이 유독 아프게 마음을 비집고 들어온다. 체한 거처럼 가슴에 턱 걸린다고 하는 게 맞겠다. 그러니까 '내가 도와줄 수 있는 건 여기까지.'라는 걸 에둘러 말하는 걸 거다. 하지만 어쩌겠나, 그렇다손 치더라도. 이렇게 해 주는 거만도 고마워해야겠지.

내가 시무룩해 보이는지 유미가 눈웃음을 지으며 말했다.

"우리 엄마는 걱정 마, 내가 암말 안 하면 모르니까."

고개를 *끄덕끄덕*했다. 그러면 됐다. 더 이상 내가 뭘 바라겠는가.

문득 선생님과 선배에게 내 걱정은 말라는 연락이라도 해놓아야겠다는 생각이 들었다. 그러려면 유미 휴대폰을 빌려야 한다.

"유미야, 폰 좀 빌려줘."

유미가 탁자 위에 엎어놓았던 휴대폰을 내 앞으로 밀어줬다. 나는 호주머니에서 선배가 남긴 포스트잇을 꺼냈다. 간단한 메모 몇 줄 아래 전화번호가 있고, 그 아래에 '함새결'이라는 이름 석 자가 또렷하다.

유미 눈이 화등잔 만해졌다.

"너, 너, 새결 선배님 만나? 그거, 함새결 선배 전화번호잖아."

"응, 그렇게 됐어. 그렇다고 내가 선배하고 사귄다거나 뭐 그런 건 아니고."

나는 집을 나온 경위와 오늘 새벽에 있었던 일을 차근차근 말해줬다. 선배 엄마가 들이닥쳐 도망 나온 일까지 빠짐없이 말했다. 그러고 나자 유미 표정이 다소 부드러워졌다.

"으응, 그랬었구나. 너 진짜 많이 놀랐겠다. 그 선배 엄마 엄청 무서운 사람이라던데."

"몰라, 하여간 너무 겁나서 돌아버리는 줄 알았잖아."

선생님께 전화하는 게 우선이다. 선생님 전화번호를 외고 있는 게 얼마나 다행인지 모르겠다. 번호가 쉬운 조합이어서 자연스럽게 머릿속에 저장이 된 건데, 지금 생각해보니 운명처럼 느껴진다.

낯선 번호일 텐데도 선생님이 즉시 전화를 받았다.

"선생님, 저예요. 가온이요."

선생님은 기다렸다는 듯 조금은 긴장한 목소리로 나를 반겼다.

"응, 그래. 가온아, 너 괜찮아? 어딨어, 지금."

눈물보다 콧물이 먼저 쏙 빠진다. 선생님이 내 옆에 있었다면 어깨에 얼굴을 묻고 한없이 울고 싶다. 그래서일까 금방 눈물 콧물로 얼굴이 범벅이 되고 만다. 유미가 냅킨을 몇 장 뽑아 건네줬다.

"예, 괜찮아요. 그리고 지금 전 그냥, 그냥 밖에 나와 있어요."

"알았다, 알았어. 그런데 가온아, 네 아빠가 나한테 연락했을 거라는 건 너도 알고 있지? 당연히 그래야 되잖아."

"알아요."

"그래서 하는 말인데, 지금 만나자. 어딘지만 말하면 내가 바로 찾아갈게."

"안 돼요. 그렇게 되면 도로 집으로 들어가야 하잖아요. 그럼 아빠랑 한집에서 또 살아야 하고요. 싫어요, 그럴 순 없어요."

"가온아, 일단 만나자. 만나서 우리 찬찬히 얘기 나눠보자."

"걱정하시지 말라고, 제가 잘 있다는 거만 알려드리려고 전화했어요. 그럼 이제 끊을게요. 제 전화가 아니라 오래 할 수가 없어요."

선생님은 내가 당장이라도 전화를 끊을까 봐 안절부절못했다.

"가온아, 가온아. 전화 끊지 말고 조금만 더 얘기하자, 응?"

내 말소리에 흐느낌이 섞여들었다.

"선생님, 진짜진짜 죄송해요."

어느새 차분해진 선생님이 잔잔하게 말했다.

"네가 지금 보호관찰 중이잖아. 너도 알다시피 지금 네가 문제를 일으키면 가중 처벌을 받게 돼. 그래도 아직까지는 괜찮아. 네가 이대로 집으로 들어가면 말이야. 그러니까 어서 있는 데를 말해. 내가 데리러 갈게."

"죄송해요. 봐서 나중에 다시 전화 드릴게요."

전화 종료 버튼을 눌러버렸다. 이렇게 강제로 끊지 않으면 선생님은 언제까지라도 나를 설득하려고 할 거다. 그러니 어쩔 수 없다. 한동안 마음을 추스르고 눈물과 콧물을 닦아냈다.

그러고 나니 한 사람, 그 사람이 남았다. 선배에게도 연락을 해야 한다. 전화를 하든 문자를 보내든.

당시에는 그런 생각이 들지 않았지만, 내가 왜 그때 그렇게 대역죄라도 지은 사람처럼 지레 겁을 먹고 거기서 도망쳤을까 싶다. 선배 엄마하고 맞닥뜨렸을 때 말이다. 선은 이렇고 후는 이렇다며 설명을 했더라면 배은망덕한 사람까진 안 됐을 텐데, 하는 안타까움이 남는다.

문자를 만들었다. 그러고는 전송 버튼을 눌렀다.

― 민가온이에요. 아침에 선배 어머니가 갑자기 오셨더라고요. 겁이 나서 그만 내가 그대로 도망을 쳤어요. 근데 어머니가 너무 놀라셨을 거 같아요. 제대로 된 설명을 드리고 나왔으면 좋았을 텐데. 선배한테도 어머니한테도 많이 죄송하네요. 도와주신 거 고마웠고요. 잊지 않을게요.

하긴 내 처지가 설명한다고 어른들이 이해할 상황은 아니지. 그렇더라도 그 자리를 그렇게 벗어난 건 결코 잘 한 일이 아니다. 아주 오래도록 후회하고 죄의식을 느낄 거 같다.

얼마 안 돼 전화 한 통이 날아왔다. 번호를 보니 선배 전화다. 끊어질 때까지 그대로 들고 있자니 너무도 마음이 고되고 아팠지만 끝내 받지 않았다.

유미 쪽으로 폰을 밀어줬다.

"고마워, 너무 많이 썼지?"

"됐어."

한동안 넋이라도 나간 사람처럼 앉아 있는데 문자 하나가 날아들었다. 선배가 보낸 문자였다.

– 엄마는 신경 쓰지 마. 가끔씩 들르는데 그 시간에 우연히 들렀던 걸 거야. 집엔 들어갔어? 들어갔겠지. 그랬으리라 믿어. 근데 혹시라도 아직 안 들어갔다면 절대 밖에서는 자지 마. 무슨 일이 생길지는 네가 더 잘 알잖아. 그런 상황이라면 나는 당분간이라는 전제 아래 네가 우리집에 와도 좋다는 생각이야. 나하고 같이 있는 게 불편할 수도 있는데, 그럼 네가 있는 동안에는 내가 엄마 집으로 가서 지내도 괜찮아. 내 말 들어주면 좋겠다.

그 후로 더는 전화든 문자든 오지 않았다. 나도 보내지 않았고.

■ 누가 나 좀 도와줘

11층 건물 옥상에서 보는 이 동네 밤 풍경이 내게는 익숙하다. 엄마를 따라 자주 왔고, 엄마가 입원할 때면 함께 잠을 자기도 했던 병원이라 익숙한 거다. 유미와 헤어지고 나서 나는 이 병원으로 바로 왔다.

그래서는 엘리베이터를 타고 옥상 정원으로 올라와 지금까지 여기서 시간을 보내고 있다. 건너편 상가건물 옥상 전광판을 보니 11시 47분이다. 13분만 더 있으면 자정이 된다. 그러니까 유미와 헤어진 지도 7시간 정도 됐다.

배가 몹시 고프다. 유미가 사준 떡볶이하고 만두를 먹은 게 다였으니 얼마나 뱃속에서 아우성을 치는지, 조금 떨어진 벤치에 앉은 사람들 귀에까지 다 들릴 거 같아 자꾸 신경이 쓰인다.

그래도 참아야 한다. 유미가 준 만 원이 있지만 버틸 수 있는 한 버티다가, 죽을 만큼 힘들면 그때 아주 조금씩만 쓸 계획이다. 컵라면이나 빵을 사먹는다면 앞으로 몇 끼는 그럭저럭 때울 수 있을 거다.

마냥 이렇게 길거리에서 먹고 자고 떠돌 수 없다는 걸 안다. 하지만 지금으로서는 다른 방법이 없다. 앞날에 대한 아무런 대책이나 보장 없이 백기를 들고 들어갈 수는 없고, 그렇다고 아빠를 아동학대범으로 신고할 수도 없지 않은가.

'조금만 더 견뎌보자. 그러다 보면 괜찮은 수가 날지도 몰라.'

어쨌든 오늘 밤은 이 병원 옥상에서 나기로 결심했다. 옥상에는 밤새도록 사람이 드나든다. 아니, 24시간 사람들의 발길이 이어지는 데라고 할 수 있다. 환자도 보호자도 비교적 조경이 잘 된 이 옥상공원으로 올라와 음식을 나눠먹고 얘기도 나누다가 내려간다.

병원 관리인도 수시로 쓰레기를 치우고 벤치 상태를 살피러 나타나곤 하니까, 어떻게 보면 나 같은 집 나온 여자아이한테는 길거리보다 상당히 안전한 곳일 거다. 안 그런가.

그나저나 드문드문 앉은 사람들이 대화를 나누는 도중에 힐끔힐끔 나를 돌아보곤 하는 게 느껴진다. 이상도 하겠지. 혼자 앉은 여자애가 몇 시간째 한 자리에 앉아 꼼짝도 않고 먼 하늘만 바라보고 앉았으니까. 처연하게도 보이겠지.

한데, 가만히 보니 그 사람들이 나를 그런 가여운 눈으로 보는 게 아니다. 다른 뭔가가 있다. 환자도 아니고 그렇다고 보호자도 아닌 거 같은 내가 여기 있는 이유를 궁금해 하는 사람들….

'맞아, 사람들은 내가 옥상이 텅 비는 시간을 기다리는 위험한 애로 보는 거야. 아무도 없을 때 무슨 일인가를 벌이려는.'

그들은 이제 대놓고 수군거리며 나를 손짓이나 눈짓으로 가리키고 있다.

치킨과 피자를 펼쳐놓고 먹고 있던 사람들 사이에서 소곤대는 소리가 들렸다.

"언니가 가서 한 번 말을 붙여봐."

다른 사람이 말을 받았다.

"정말 그래 볼까?"

나는 자리에서 일어났다. 계획을 수정해야한다. 매점으로 가 빵을 사 먹고 될 수 있는 대로 거기서 오래 앉았다가 다시 여기로 와야겠다. 그때는 여기 있던 사람들 대부분이 병실로 내려가고 없겠지.

엘리베이터를 타고 1층으로 내려갔다. 감사하게도 이 병원 매점은 24시간 운영하는 데다. 물이 있나 살펴보니 정수기가 있어 빵 하나만 사서 구석 자리로 가 앉았다. 컵라면을 먹는 사람, 바나나우유를 마시는 사람이 있어 마음이 놓였다.

빵을 다 먹고 나서도 한참을 그 자리에 앉아 있었다. 벽시계가 새벽 12시 35분을 가리키고 있다.

'이제는 다들 갔을 거야.'

빈 빵 봉지를 쓰레기통에 갖다 넣고 정수기 앞으로 갔다. 물을 마시고 난 종이컵을 버리는데 누군가가 내 어깨를 탁 쳤다.

"가온이 아니냐? 맞네."

돌아보니 엄마하고 같은 병실에 입원했던 아줌마였다. 아줌마도 엄마처럼 우울증을 앓고 있었다. 우울증이 재발해 심해질 때마다 이 병원으로 와서 보름씩, 한 달씩 입원하기를 반복하는 아줌마다.

아줌마는 나이가 많았다. 우리 엄마보다 20살 이상 많았던 거 같다. 아들하고 며느리, 손자가 가끔씩 찾아왔었는데, 나하고 엄마 사이가 돈독하다며 딸 있는 여자가 세상에서 제일 부럽다는 말을 수시로 했었다.

아들만 셋인 아줌마로서는 병실에서 같이 자고 밥을 먹고 함께 산책을 나가는 우리 모녀가 부러웠을 테지. 우리 둘을 지그시 바라보는 아줌마 눈에는 항상 외로움이 뚝뚝 묻어났었다.

남편은 아주 오래전에 세상을 떠났다고 했다. 그래서 아줌마 혼자 세 아이를 키우려고 안 해 본 일이 없었다며 눈물짓던 아줌마가 안 돼 보여, 나도 병실에 있는 동안에는 아줌마한테 꽤 살갑

게 대하곤 했었다.

　그런데 아줌마는 엄마가 이 세상 사람이 아니라는 걸 모른다. 알 리가 없다. 그러니 나를 보며 저리 반가워하는 거겠지.

　"안녕하세요."

　내가 꾸벅 인사를 하자 아줌마가 내 손을 잡았다.

　"아이고, 네 엄마 또 입원했나 보네. 어디냐, 몇 호실이야? 내가 까맣게 모르고 있었다. 안 그래도 혹시 여기 있나, 하고 알아보려던 참이었더니 정말 입원해 있었구나."

　"……."

　내가 말을 못하고 머뭇거리자 아줌마 얼굴에 근심이 어렸다.

　"왜, 많이 안 좋아?"

　"아니, 그게 아니고요."

　아줌마가 내 어깨를 가볍게 톡톡 두드렸다.

　"하여간 나 지금 화장지 사러 왔거든. 그거부터 사가지고 올 테니까, 저기 가서 너 편한 자리에 앉아 잠깐만 기다릴래?"

　내가 '아니오'도 '예'도 아닌 어정쩡한 얼굴로 보자 아줌마는 '알겠다'로 알아듣고 벙긋 웃어보이고는 매점 창구로 걸어갔다.

　'가자, 여길 벗어나는 거야.'

　내 입으로 차마 엄마의 죽음을 알릴 수는 없다. 아니, 알리기 싫다. 여기서 아줌마랑 얘기를 나누다보면 결국에는 그 말을 해야 되는데, 그런 상황을 내가 감당할 수 없으니 도망치는 수밖에.

매점을 빠져나와 병원 현관을 벗어났다. 혹시라도 아줌마가 나와 볼 수도 있으니 병원 뒤편을 향해 내달렸다.

'나는 왜 도망치고, 도망치고, 도망쳐야만 하나.'

달리면서 생각하니 서러움이 북받쳐 오른다. 집에서도 도망치고, 선배 집에서도 도망치고, 병원에서조차 도망을 쳐야하는 내 인생.

'누가 나 좀 도와줘!'

눈물이 앞을 가려 뛸 수가 없다. 병원 건물 벽에 기대 눈물을 펑펑 쏟았다. 하지만 그마저 쉬이 허락되지 않는다. 대형 쓰레기통 앞에서 무언가를 먹고 있던 고양이 몇 마리가 경계를 하며 눈에서 광선을 쏘아대고 있었으니까.

옷소매로 대충 눈물을 닦고 불빛이 있는 거리로 나섰다.

'어디로 가지? 어디든 들어가야 하는데….'

그러고 보니 지금 나의 모습이 어제의 나하고 똑같다. 어제도 나는 이 시간대에 거리를 헤매고 있었다. 달라진 게 있다면 계절에 맞는 옷으로 갈아입었다는 거, 그리고 빈손이었던 어제와는 달리 지금은 쇼핑백을 들고 있다는 거.

내일 이 시간에도 나는 거리를 헤매고 있을까? 그런 생각만으로도 가슴이 철렁 내려앉는다.

'이 넓은 세상에 내 몸 하나 의탁할 데가 없다니.'

머리를 짜내고 짜내도 오로지 떠오르는 건 쉼터 하나밖에 없다. 그래서 더욱 슬프고 짜증난다.

「그거도 싫어? 알았다, 그럼 내 더 이상 연락처 같은 건 안 물을 테니까 들어가 쉬자, 응?」

도리질을 하며 외면해 봐도 상담원이 했던 그 말이 자꾸만 머릿속에 맴을 돈다.

'날 샐 때까지만 거기 있다 나올까? 그래, 거리보다는 백 배 천 배 낫지.'

내 발걸음이 저절로 쉼터를 향하고 있다. 영혼이라고는 없는 로봇, 머리와 가슴이 따로 노는 깡통로봇처럼 말이다.

어제도 이랬던가. 이상하게도 거리의 불빛이 한층 현란하고 네온사인도 더욱 또렷한 거 같다. 나하고는 딴판으로 세상 모든 사람들이 행복하고 운이 좋고 희망으로 가득차 보인다. 이런 생각이 들 때면 절망스럽고 태어난 걸 원망하게 된다.

'참, 지금쯤이면 아빠가 가출 신고를 냈을지도 모르겠다.'

선생님도 그러셨다. 아빠한테 연락을 받았다고. 그렇다면 선생님은 나하고 통화하고 난 다음에 아빠하고도 통화를 했을 거다. 유미하고도 했을 거고. 그 이후 내 행적이 끊어졌으니 다음 단계는 가출 신고밖에 더 있나.

'쉼터에도 벌써 다녀간 거 아닐까?'

내가 유미한테 쉼터에 갔었다는 말을 했으니, 유미가 그 얘기를 했을지도 모른다. 했을 거다, 아마. 유미는 그렇게 하는 게 나를 위한 일이라고 믿어 의심치 않을 테니까.

'그래도 선배 얘기까진 안 했겠지?'

자신이 좋아하는 선배가 곤란한 지경에 놓이는 걸 유미는 원하지 않을 거다. 나라도 내가 정말 좋아하는 사람이라면, 그가 나로 인해 곤란하게 되는 걸 절대로 보고 싶지 않을 거야.

발길을 그냥 돌리려다가 그래도 일단 가보기로 했다. 근처에서 분위기를 보고 괜찮은 거 같으면 하룻밤 신세를 지기로 한다.

쉼터가 빤히 보이는 건물 모퉁이에 기대서서 쉼터 앞을 살펴봤다. 맙소사, 쉼터 현관 앞에 경찰차가 한 대 떡하니 서있다. 그리고 경찰 두 명과 상담원이 얘기를 나누고 있는 중이다.

재빨리 몸부터 숨겼다. 몸을 단단히 숨기고 자세히 보니 나에게서 등을 돌리고 있는 다른 한 남자, 아빠도 거기에 있다. 차 바로 옆에 붙어 서 있어서 하마터면 놓칠 뻔 했는데 아빠가 맞다.

'이런!'

아빠가 낸 가출 신고 건으로 경찰들이 아빠와 함께 나를 찾아다니고 있는 모양이었다.

얘기가 끝났는지 상담원이 인사를 하고 안으로 들어갔다. 그러고 나서도 경찰들과 아빠는 그 자리에 남아 한동안 얘기를 더 나눴다. 그러면서 경찰들이 거리 아래위를 둘러보고 고개를 갸웃거리더니 다시 차에 올랐다. 아빠도 뒷자리에 올라탔다.

그러나 그 차는 곧바로 거길 뜨지 않았다. 잠시 후 다른 경찰차가 한 대 더 오더니 창문을 서로 내리고 무슨 얘긴지를 주고받았다. 그리고 나서야 두 대의 차가 드디어 서로 반대 되는 길로 사라져갔다.

저들은 오늘 나를 찾아 이 거리를 수없이 헤매고 수색을 하려는가 보다. 다리에 힘이 풀려 풀썩 주저앉아버렸다.

'오늘 나는 다시 아빠한테 끌려 집으로 돌아가겠구나.'

무릎 사이에 얼굴을 묻고 한참을 그러고 있었다. 이제는 눈물조차 안 난다. 그저, 어쩌지? 하는 생각 밖에 안 났다.

'안 잡혀, 절대!'

자리에서 분연히 일어났다. 숨을 거다, 나는. 아빠한테 잡혀가는 일 따위 안 할 거야. 그러려면 집을 나오지도 않았지. 내 발로 걸어 들어가기 전까지는 어떤 일이 있어도 안 잡혀.

그런 마음을 먹고 나니까 힘이 좀 났다. 어둠 속에서 빠져나와 여기저기를 살피는데, 다세대주택 3층에서 누군가가 손짓을 하는 게 보였다. 저 집은 선배 집….

'선배!'

우리 엄마 같지 않아요

충계참을 돌며 보니 선배가 문을 열어놓고 기다리고 있다. 선배 머리 위에서 빛이 나는 거 같다. 구세주가 따로 있나. 선배가 바로 나의 구세주다. 어떻게 이런 일이 두 번씩이나 일어날까. 믿을 수가 없다.

내가 집으로 들어서자마자 선배가 문을 닫았다. 집안 가득 매콤한 라면 냄새가 났다. 안온한 실내에서 나는 라면 냄새에 절로 코가 벌름거려졌다. 내 반응이 재밌는지 선배가 빙긋이 웃었다.

선배가 주방 식탁을 가리키며 고갯짓을 했다.

"라면 먹자. 출출하지?"

나는 식탁으로 가 앉지 못하고 또 안방 쪽부터 쳐다봤다. 금방이라도 선배 엄마가 달려 나와 눈을 부릅뜨고 고함을 지를 거 같다. 불안한 얼굴로 아직 신도 못 벗고 있는 내 곁으로 선배가 다가왔다.

"엄마는 여기 안 계셔. 아침에 내가 학교 갈 때 너도 같이 나가자. 그럼 우리 엄마하고 마주칠 일이 없을 거야."

"……."

무안해서 고개만 끄덕거렸다. 내 맘을 훤히 읽어주는 선배가 고맙긴 해도 솔직히 부끄러웠다. 볼이 절로 붉어졌거든. 그 모양이 되고 나니까 더욱 창피해 얼굴을 들 수가 없다.

선배가 못 본 척 주방으로 가 라면을 그릇 두 개에 나누어 담았다. 그래서는 하나는 내 앞으로 놓아주고, 다른 하나를 들고 내 옆으로 와 나란히 앉았다. 내가 마주앉아 먹는 게 부담스러울까 봐 그러는 거겠지.

'정말 너무 센스 있다.'

선배가 먼저 먹기 시작했다. 나도 따라서 먹었다. 먹으면서 보니 그릇이 엄청 예쁘다. 선배 엄마가 컵 하나, 그릇 하나까지 신경을 써서 골라준 거 같다. 그러니 애정의 깊이가 얼마나 깊을까.

우리 엄마도 그랬다. 내가 먹는 거, 입는 거, 바르는 거, 어느 하나 소홀히 하지 않았다. 정작 당신 삶의 질을 위해서는 그러지 않아, 보고 있던 내가 속상할 때가 많았었다. 그런 사람이 우리들 엄마 아닌가.

'선배 어머니께 미안하다.'

안 그러려고 해도 자꾸만 죄의식이 든다. 오늘이 마지막이다. 더는 안 돼. 선배를 위해서도, 선배 엄마를 위해서도 말이다. 날이 밝거든 이 집을 나가 오늘은 어떤 해결이라도 봐야 한다. 정 안 되면 해결의 실마리라도 찾아야 해.

그새 라면을 다 먹은 선배가 물을 가져와 다시 옆으로 앉더니, 컵을 만지작거리며 말했다.

"먹으면서 들어⋯."

나한테 그런 일이 있고 나서 내가 이 집으로 들어와 혼자 살게 된 거잖아. 감옥 같던 집, 교도관처럼 느껴졌던 엄마한테서 벗어났으니 얼마나 내 마음이 홀가분했겠어. 한동안은 구름 위에 붕 뜬 거처럼 신이 나서 학교엘 다니고 자유로움을 만끽하며 지냈지.

근데 두 달 정도 지나니까 여기 사는 게 거기 살던 거랑 별반 다르지 않더라. 여기도 감옥이고, 엄마가 지켜보지 않아도 내가 보이지 않는 누군가에게 조종당하고 있더라고. 신기하지 않냐.

나중에야 알게 된 거지만 그게 다 내 마음이 문제였던 거야. 마음이 지옥이면 있는 데가 지옥이 되고, 마음이 천국이면 있는 데가 바로 천국이 되는 거였어. 그렇게 간단한 이치를 몰랐던 거야.

그러니 나는 그때 핑계를 대고 싶었던 거 같아. 당신들 때문에, 여기라서, 내가 이렇게 힘들다고 말이야. 그렇게 이런저런 책임을 누군가에게 떠넘기면서, 내가 남들보다 잘 따라가지 못하고 시스템에 잘 적응하지 못한다는 걸 인정하고 싶지 않았던 거였어.

성적? 나는 천재가 아니고 노력형이야. 사실 기본적인 머리야 엄마랑 아빠를 닮았으니 있겠지, 있어. 그렇지만 나는 근본이 게으른 사람이야. 가만 놔두면 한 달이고 두 달이고 누워서 마냥 뒹굴기만 할 걸.

그래서 엄마가 내게 맞는 시스템을 만들어 주지 않았다면 나는 지금의 내가 없었을 거란 걸 알아.

그러니까, 그게 무서우니까, 벌벌 떨며 모든 걸 포기하고 싶었던 거였어. 엄마는 나를 너무나도 잘 아는 사람이잖아. 그러니 내가 조금만 해이해지는 거 같으면 마디마다 실을 꿰어 조종하는 마리오네트 다루듯 고삐를 바짝 조이곤 했던 거지. 그렇게 해서 내 시스템이 잘 가동되고 나는 그런 성적을 유지할 수 있었던 거였고.

그러나 고등학교에 진학하고, 중간고사를 딱 한 번 쳤을 뿐인데 난 내 실력을 알겠더라. 지금까지 하던 대로 하면 절대 수석은 안 되겠는 거야. 눈앞이 캄캄해지더라니까.

그런데 엄마는 펄펄 뛰며 공부를 어떻게 했기에 이러냐고 이성을 잃은 사람처럼 나를 다그치고, 아빠도 한숨만 내리쉬며 어쩔 줄을 모르시는 거야. 부모님 생각에는 고등학교 첫 성적인데, 처음을 이렇게 시작하면 따라잡기가 무척 힘들 거라는 거였겠지.

어쨌든 앞으로 내가 가야 할 고난의 길이 훤하게 보이더라. 수많은 고삐와 채찍을 생각하니 막막하더라고. 게을러빠진 내가 엄마가 달아놓은 코뚜레에 꿰여 앞만 보고 비척비척 걸어가야 하는 나의 미래라니!

그래서 그런 어설픈 선택을 하게 된 거라고 하면 변명이 좀 되냐? 하지만 이젠 그런 선택 안 해. 내가 왜 그런 선택을 하겠어. 난 이제 내 길을 갈 거야. 내가 하고 싶은 거, 내가 가고 싶은 길로 갈 거거든.

사람들은 말하잖아. 자살하는 사람들 보면, 그런 용기로 잘 살아보지 왜 그런 선택을 한 거냐고 말이야. 맞는 말이더라. 그런 결심을 하는 데 얼마만큼의 용기가 필요하다는 걸 내가 알잖아. 그 용기를 내가 가야 할 길로 나아가는 데 필요한 에너지로 쓸 거야.

하여간 그렇게 해서 여기까지 오게 된 건데, 얼마 전부터는 집을 나온 게 득은 아니지만 실도 아니라는 생각을 해. 그래서 집으로 들어갔다가 다시 후회하는 거 보다는 그대로 있으면서 잘 해보자는 마음을 먹었고, 지금은 성적도 상위권을 회복했어. 매번 수석은 아니지만 3등 안에는 꼭 드니 다행이라면 다행이지.

내가 이런 얘길 이렇게 길게 늘어놓은 건, 내가 버젓한 집을 놔두고 여기서 왜 혼자 살고 있는지를 네가 알아야 마음이 편할 거 같아서 그러는 거야. 우리집이 잘 살아서도 아니고, 내가 부모님하고 아주 불화해서 그런 거도 아니거든. 그저 내가 남들보다 예민하다는 게 이유라면 이유겠지.

내 얘긴 여기까지야. 근데 혹시 말이야. 네 얘기를 조금 들려줄 수 있어? 네 엄마 얘기, 아빠 얘기, 그리고 집을 나오게 된 사연. 그런 거 말이야. 그러면 나도 널 편히 대할 수 있을 거 같은데.

삐삐삐삐~. 도어락 번호키 누르는 소리에 눈을 떴다.

'저 소리!'

선배 얘기를 듣고 나서 내 얘기까지 들려주고 났더니 새벽 3시가 다 돼 가고 있었다. 그길로 선배는 선배 방으로 갔고, 나도 거실에서 잠의 늪으로 깊숙이 빠져들었다.

그런데 또 이 소리라니! 이 번호키 누르는 소리는 정말 나를 아주 오랫동안 주눅 들게 할 거 같다. 강박 신경증 증상으로 환청을 들은 건지, 실제로 번호키 소리가 난 건지 가늠조차 안 된다.

"덜컥~!"

세상에나, 진짜였어. 어제처럼 선배 엄마가 온 거다. 현관문이 열리며 안으로 들어선 선배 엄마가 사색이 된 얼굴로 나를 봤다.

그녀는 이성을 잃은 거 같았다. 벗고 있던 신발 한 짝이 거실로 날아들었지만 신경도 안 쓰고 노발대발하며 나에게로 왔다.

"또 너야? 아주 여기서 살려고 그러는구나. 우리 아들 망쳐놓으려고 작정이라도 한 모양이다."

나는 한 마디도 할 수가 없다. 그저 이가 떡떡 마주쳐졌고 손이 벌벌 떨리기만 할 뿐이다.

선배 방문이 벌컥 열리며 선배가 달려 나왔다. 선배 얼굴은 하루 사이에 몰라보게 수척해졌다. 이틀 내리 잠을 제대로 못 잤으니 그럴 수밖에. 선배가 엄마 앞으로 가 그녀의 팔을 잡았다.

"엄마, 그런 거 아녜요. 내가 다 말 할게요. 일단 여기로 좀 앉아 보세요."

그녀는 선배의 손을 홱 뿌리쳤다.

"아래층 할머니가 무슨 소리를 하더라고. 여기 한번 와 보라고. 그래서 어제 와 봤던 거야. 설마, 하고. 그런데 얘가 여기 있더라. 얼마를 산 건지 아예 실내복까지 입고서 말이다. 그래도 난 아무 말도 안 하고 있었어. 아니겠지, 그러면서. 널 철석같이 믿은 거지."

선배가 고개를 끄덕끄덕하며 말을 했다.

"계속 믿어주세요. 엄마가 생각하듯 그런 거 아니니까요. 얘는 중학교 때 신문부 같이 했던 후배예요. 근데 갑자기 집에 무슨 사정이 생겨 어제 집을 나오게 된 거라고요. 그래서 엄마한테 말 할 사이도 없이 여기서 머물게 된 거. 오늘 학교 갔다 와서 말하려고 했어요."

주먹을 불끈 쥔 그녀가 새처럼 숨을 헐떡이다가 심호흡을 몇 번 했다.

"그래, 그렇다 치자. 그런데 그렇게 나온 애가 왜 여기 있냐고. 넌 공부하겠다고 멀쩡한 집을 나와 여기서 혼자 지내는 거 아니었어. 그런 네가 왜 애 일에 끼어들어 재우고 먹이고 아까운 시간을 낭비하면서 이 난리를 치는 거야, 응?"

선배 이마가 꿈틀했다.

"엄마, 얘는 여자애예요. 여자애가 길거리에서 떠돌면 어떤 일이 생긴다는 건 엄마도 잘 알잖아요. 마침 얘가 요 앞 쉼터를 찾았다가 거기서 못 있고 나오는 게 내 눈에 띄어 내가 당분간이라는 조건 아래 받아들인 거라고요."

그녀 얼굴이 붉으락푸르락했다.

"당분간, 당분간이라면 앞으로도 얼마간은 있겠다는 말 아냐. 안 돼, 그건 안 된다. 말이 되는 소리를 해야지. 네 경쟁자들은 분, 초를 아끼며 공부하는데 넌 이런 애 때문에 시간을 헛되이 쓰겠다고?"

더 이상은 보고 있을 수가 없다. 나 때문에 모자간에 이런 다툼을 벌이다니. 내가 버러지라도 된 기분이다. 기분이 정말 엿 같다.

얼른 쇼핑백을 챙겨들었다.

"갈게요, 선배. 고마웠어요. 어머니, 진짜진짜 죄송해요. 다신 선배 안 괴롭힐게요. 이 근처에는 안 나타날게요. 안녕히 계세요."

선배가 잽싸게 쇼핑백을 빼앗아 들면서 벽시계를 봤다.

"아직 5시도 안 됐어. 밖은 캄캄하다고. 안 돼, 절대!"

그녀가 코웃음을 쳤다.

"신파 연극이 따로 없다. 가겠다는 걸 굳이 네가 잡을 거까진 없잖아. 밖이 위험하면 경찰서로 가면 될 거 아니냐. 거기로 가면 집으로 데려다주든지 아니면 갈 만한 데를 찾아주겠지, 안 그러냐?"

나를 보는 그녀 눈길이 매서웠다. 불길이 확확 솟구쳤다.

"……."

내가 말없이 쇼핑백을 달라며 손을 내밀었지만 선배는 등 뒤로 감춰버렸다. 선배 목소리가 조금 떨렸다.

"그러지 마세요, 엄마. 엄마가 자꾸 미워지려고 해요. 우리 엄마 같지 않아요. 내가 생각했던 그런 엄마가 아닌 거 같아 많이 실망스러워요."

그녀가 발끈해서 목소리를 높였다.

"뭐라고? 네가 생각하는 그런 엄마가 어떤 엄만데, 말해 봐!"

선배도 화가 잔뜩 난 얼굴로 목소리가 높아졌다.

"엄마는 내가 1등만 하면 되잖아요. 그래서 이제 내가 1등 하고 있잖아. 그럼 뭐, 더 이상 내가 뭐 어떡해야 하는데?"

"너, 너, 지금 뭐라는 거야?"

"그럼, 그 정도로 내가 애쓰고 있으면 나한테도 그 이외의 거에 대해선 어느만큼은 믿고 맡겨줘야 하는 거 아냐?"

"뭐라고, 그걸 말이라고 해?"

나는 쇼핑백을 낚아챘다. 백이 찢어지며 내 손에 들어왔다. 나는 찢어진 종이백을 가슴에 안고 달려 나왔다.

"가온아, 민가온!"

선배가 나를 따라 나오는 소리가 났다.

"결아, 새결아!"

그 뒤에서 그녀가 선배를 애타게 부르는 소리도 나를 뒤따라왔다. 나는 있는 힘을 다해 거리를 달렸다. 눈물도 메말랐는지 이런 상황에서조차 한 방울의 눈물도 안 나는 게 이상했다. 내 처지가 한없이 불쌍하고 안쓰러울 따름이다.

닮고 싶은 사람

앞만 보고 달려 도착한 곳은 병원 건물 앞이다. 내가 생각해도 너무 한심하다. 무슨 핑퐁게임도 아니고, 불과 몇 시간 전에 야반도주하듯 도망 나온 데를 또 다시 내 발로 찾다니.

갈 데가 없는 걸 어쩌랴. 길거리는 무섭고 모르는 건물은 영 안 내키니 저절로 발걸음이 나를 여기로 데리고 왔다. 쉼터 아니면 병원, 그렇게 핑퐁게임 하듯 여기서 밀리면 저기로 저기서 쫓기면 여기로.

그러거나 말거나 병원 현관 불빛을 보니 마음이 턱 놓인다. 문 앞에 서자 현관 자동문이 스르르 열렸다. 동시에 안내 데스크에 앉은 아저씨가 나를 돌아봤다. 아저씨가 아무 말도 안 하는데 괜히 기가 죽고 뭔가를 물을까 봐 겁이 더럭 났다.

'당당해야 돼.'

그런 와중에도 내 머리는 이성을 잃지 않고 제 할 일을 한다. 기특한 녀석이다. 어깨를 쫙 펴고 엘리베이터 앞으로 가 5층을 눌렀다. 슬쩍 돌아봤더니 아저씨가 나를 보고 있다가 내가 5층을 누르자 안심하는 얼굴로 하던 일을 했다.

'휴우~.'

병원 내부 사정을 잘 알아 얼마나 다행인가. 엄마가 마지막으로 입원했던 병실이 5층에 있었다. 엘리베이터 문이 닫히자마자 옥상 층을 누르고 나서 5층을 지워버렸다. 5층에서 내려 서성거렸다가는 아줌마를 다시 만나게 될지도 모른다.

아줌마는 이번에도 5층으로 입원했을 거다. 매번 올 때마다 5층에 입원했었다고 했으니까. 그러니 가능하면 5층과 1층 매점 부근에는 안 가는 게 좋다. 아줌마는 내가 그렇게 사라져버렸으니 나와 엄마 일이 몹시 궁금할 거거든.

'이 시간대에는 처음 가보는 거라서 옥상도 좀 불안하긴 한데….'

새벽 한두 시까지는 엄마하고 옥상정원에 바람 쐬러 가봤었다. 하지만 그 이후의 시간부터 아침 10시 사이에는 가본 적이 없다. 그래서 낯선 두려움이 있지만, 뭐가 다르겠는가. 지금 사람이 있다면 다 병원과 관련된 사람들이겠지.

엘리베이터에서 나와 옥상으로 들어섰다. 동 트기 전의 새벽이 가장 어둡다는 말이 있다. 맞는 말이다. 거리의 조명이 어둑어둑하니까, 병원 옥상도 어둠에 잠겨 먹물처럼 캄캄하고 을씨년스러워 보였다.

'어느 자리가 좋을까? 해 뜰 때까지만 여기 있자.'

어둠을 응시하며 엘리베이터에서도 멀지 않고, 최대한 밝은 자리를 찾아 눈을 이리저리 굴렸다. 그리고 위험 요소는 없는지 귀를 쫑긋거리며 옥상에서 나는 작은 소리라도 들으려고 애썼다.

조용했다. 거리를 달리는 차량 소리만 이따금 들릴 뿐이다. 그제야 안심이 됐다. 하긴 이런 시간에 여기 있을 사람이 어딨겠나. 나 같은 허술한 아이나 이런 시간에 이런 장소에서 전전긍긍하고 있는 거지.

벤치로 가서 앉으며 그때까지 가슴에 안고 있던 쇼핑백을 옆으로 내려놓았다. 그런데 놓을 자리를 잘 안 보고 놔버렸더니 그만 그게 바닥으로 굴러 떨어지고 말았다. 더구나 슬리퍼가 들어 그런지 꽤 큰 소리가 났다.

"엉, 누구야?"

벤치 하나 건너에 있는 벤치에서 부스스 몸을 일으키며 짜증을 내는 사람 실루엣이 보였다.

"왜 시끄럽게 떠들고 그래? 잠 좀 자자, 잠 좀."

그 사람 소리에 잠을 깼는지 그 벤치 바로 옆에 있는 벤치에서 다른 사람 소리도 났다. 두 사람은 벤치 하나씩을 차지해 잠을 자고 있었던 모양이었다.

"엄마아~!"

내가 질겁을 하고 일어나 뒤로 물러나자 두 남자도 자리에서 일어나 앉으며 나를 봤다. 두 사람은 누가 봐도 노숙자였다. 차림 새나 몰골이 그랬다. 먼저 말을 했던 사람이 신발을 찾아 신으며 말했다.

"엄마가 입원했냐? 이 시간에 여긴 웬일이야."

그러면서 슬금슬금 이쪽으로 걸어왔다. 내가 뒷걸음질을 쳤지만 그는 나한테는 관심이 없고 내 종이백에 관심이 있었다. 그가 허리를 구부리더니 종이백을 만져보고 냄새를 맡아봤다.

"먹을 게 든 거면 내가 좀 먹자."

나중에 말을 했던 사람도 옆으로 가서 붙어 섰다.

"나도 같이 먹읍시다."

내가 울먹이며 다가갔다.

"그냥 제 옷이에요."

먼저 말을 했던 사람이 내 종이백을 거칠게 집어 들더니 옥상 안쪽으로 휙 내던졌다.

"에잇, 먹을 건 줄 알고 괜히 좋아했잖아!"

나중에 말을 했던 사람도 피식 웃었다.

"먹을 거나 좀 가지고 다녀라, 응?"

두 남자는 누워있던 자리로 되돌아가 털썩 드러누웠다. 다시 사방이 조용해졌다. 그런데 어서 종이백을 주워들고 옥상을 빠져나가려고 해도, 먼저 말을 했던 사람 부근에 그게 떨어져 있어 그쪽으로 쉽사리 발걸음이 떨어지지 않았다.

그걸 주우러 남자 부근에 갔다가 돌발 사고라도 나면 어쩌란 말인가. 사람의 일이란 알 수 없다. 이러지도 못하고 저러지도 못하고 쩔쩔매고 있는데 등 뒤에서 인기척이 느껴졌다.

깜짝 놀라 돌아보니 선배다. 선배가 나를 따라와 뒤에서 지켜보고 있었던가 보다. 선배를 보자 맥이 탁 풀려버렸다.

내 쇼핑백을 가슴에 끌어안은 선배가 앞장서서 걷고 있다. 나는 그 뒤를 유치원생처럼 졸졸 따라서 걷는다.

따라가면서 보니, 가뜩이나 찢어진 종이백이 먼저 말을 했던 사람이 던질 때 이번에는 옆구리까지 터져버려 너덜너덜해져 있다. 그걸 저렇듯 무슨 보물이나 되는 거 같이 안고 걸어 주는 선배가 고맙다.

목적지를 정한 사람처럼 한동안 앞만 보며 걸어 나가던 선배가 한 건물 앞에서 멈추었다. 24시간 운영하는 맥도날드다. 나는 깜짝 놀랐다. 선배는 정말 센스쟁이다. 어떻게 여길 알았을까.

그래, 이런 데 와서 있었으면 아무 문제도 없었을 걸 괜히 병원

엘 간다, 선배집엘 간다하면서 멍청이 짓을 했다.

'바보, 난 그냥 바보다.'

아냐, 생각해 보니 그게 아니다. 첫 날에는 돈이 없었다. 그리고 오늘은 얼마의 돈이 있지만 그래도 지금은 동행해 주는 사람이 있으니 망정이지, 나 혼자라면 선뜻 들어서기 어려웠을 거다. 사람은 자기가 가 본 만큼만 안다는데, 생전 가보지 않은 곳에서 어떻게 밤을 날 생각을 해.

어쨌든 선배를 따라 맥도날드로 들어섰다. 선배가 내 종이백을 가까운 탁자에 얹더니 나를 돌아봤다.

"나는 맥모닝 먹을 건데, 넌?"

나는 고개를 끄덕끄덕했다.

"나도요."

선배가 키오스크 앞으로 가 주문을 했다. 음식이 나오는 사이에 매장을 둘러봤더니 탁자들이 텅 비어있다. 나는 충격에 휩싸였다. 이렇잖아, 이런데 혼자서 왔더라면 어쩔 뻔 했어.

'역시 혼자 오는 건 아니었어.'

손님도 없고 밀려있는 주문도 없다보니 음식이 금세 나왔다. 우리는 음식 쟁반을 들고 2층으로 올라갔다. 그런데 2층에는 여러 탁자에 손님이 앉아 있다. 혼자 앉은 탁자가 둘, 둘이서 마주 앉은 탁자가 하나.

'여기에 다 있었네. 휴우, 다행이다.'

벽면에 기대앉는 탁자를 선택해 나란히 앉아 준 선배 마음이 새삼 대단했다. 선배는 진짜 매너 있는 사람이다.

선배가 먹기 시작하자 나도 조금씩 먹으며 창밖을 내다봤다. 어슴푸레 아침을 향해 가고 있는 거리가 아직은 어둡다. 두 시간 이상은 있어야 햇귀가 살포시 얼굴을 내밀 거다.

참 어색하다. 이렇게 선배랑 이 시간에 이런 데서 이런 걸 먹게 될 줄은 정말 몰랐다. 선배도 나랑 같은 생각이겠지. 선배 또한 생각 많은 눈으로 거리를 보고 있다. 이런 걸 보면 한 치 앞을 모르는 게 사람이라지만, 진짜로 1분 1초 앞을 모르는 게 사람이다.

선배가 마른기침을 하고나서 조심스레 말을 꺼냈다.

"오늘이 삼 일째잖아. 네가 집을 나온 지 말이야."

나는 갑자기 목에 사레가 들려 기침을 쿡쿡 했다. 재빨리 콜라를 마시고 나자 그제야 기침이 멈췄다. 불쑥 이런 말을 꺼낼 줄은 몰랐지만, 선배도 걱정이 되니까 그러는 거겠지.

"알아요, 무슨 걱정하는지. 어떡하든 오늘은 결정해야죠."

선배가 조금 웃어 보였다.

"알아서 잘 하겠지만 신중하게 결정해. 나처럼 너무 막 나가지 말고."

풋, 하고 웃음이 터졌다.

"명예보호관찰관님을 찾아가 보려고요. 학원을 운영하고 계신 고인해 선생님이라는 분인데 지금 내 걱정을 많이 하고 계실 거예요."

나는 선배에게 고인해 선생님에 대해 말을 했다. 어떻게 나를 이끌어 주었는지, 내가 얼마만큼 선생님을 믿고 있는지, 선생님을 실망시켜 얼마나 죄송스럽고 마음이 아픈지.

그리고 내가 얼마나 잘 따라가고 있었고, 선생님을 만나면서 내게 어떤 꿈이 새록새록 생겨나게 되었는지, 얼마나 내가 나를 사랑하지 않았는지를 알게 됐다고 말해줬다.

무엇보다도 아빠하고 나와의 의견이 첨예하게 대립되었을 때, 우리 사이를 절충해 줄 수 있는 사람도 오직 그 선생님뿐이라는 걸 고백처럼 들려줬다.

언제부터였는지 선배가 옆으로 돌아앉아 내 얼굴을 보며 내 말을 듣고 있었다. 선배는 내 말을 경청하고 있었던 거다.

"그분이 그런 분이고 가온이가 그런 맘을 먹었다니 진짜 다행이다. 근데 앞으로 어떤 일을 하고 싶은지 물어 봐도 돼? 나는 소설가가 되고 싶다고 한 거 기억나지. 왜 그런 생각하게 된 건지도 내가 그때 말해줬고."

"예, 다 기억나요. 음, 나는 미대 디자인학과에 진학할 거예요. 그래서는 산업디자이너가 되려고 맘먹었어요."

나는 지금은 중졸 검정고시를 준비하고 있으며 패스를 하고 나면 고졸 검정고시를 칠 계획이라고 말했다. 혼자 하는 공부가 어려웠고 특히 수학이 힘들어 그만두고 싶을 때도 있었는데, 마침 고인해 선생님이 수학 선생님이라 도움을 많이 주고 있다는 얘기도 했다.

선배가 부러운 듯 입술을 벙긋거리며 말했다.

"미술 특기생, 그런 거구나?"

얼굴에 뜨거운 게 확 올라왔다.

"아뇨, 아뇨. 전에는 그랬지만 지금은 아니고요. 그냥 어려서부터 그림을 좋아해 계속 그려왔던 거예요. 그만뒀던 미술학원을 다시 다니고 있는데 하여간 꾸준히 성실하게 하려고요."

선배가 못 본 체 다시 벽을 등에 지고 앉았다.

"나는 제일 부러운 게 미술 하는 사람, 음악 하는 사람이더라. 난 그런 재능이 없거든. 부럽다, 부러워."

"나는 선배가 부러운데요, 뭐. 나도 제일 부러운 게 글 잘 쓰는 사람인데. 그림은 꾸준히 연습하면 어느 정도 그릴 수 있지만 글은 타고 나야 되잖아요. 그래서 더 부러운가 봐요."

선배가 팔짱을 끼고 천장을 바라봤다. 그러더니 잠시 뜸을 들이고 나서 말했다.

"내가 되고 싶은 건 소설가지만 두 번째로 되고 싶은 건 천체 물리학자야. 천체에 대해 알아가고 천체를 연구하는 게 정말 좋거든. 그래서 일단 소설가가 되고 난 뒤에 아마추어 천체물리학자도 하고 싶어."

선배는 판사인 아버지 얘기, 의사인 어머니 얘기도 들려줬다.

그러니 당연히 부모님은 법대나 의대를 가라고 하시지만, 자신은 그런 쪽과는 절대 안 맞다고 했다. 그런 일은 할 수 없다고 단언했다.

선배의 신념이 확고해 보여 나는 놀랐다. 그리고 자신의 신념을 말할 때 당당하고 자신에 찬 모습이 너무 인상적이다. 그 말을 하는 내내 두 눈빛이 형형하다.

'나도 저렇게 하고 싶다.'

나는 오늘 닮고 싶은 사람이 한 사람 더 생겼다. 그래서 마음 그릇이 꽉 차고 한없이 뿌듯하다.

그러니까 나 같은 걸 걱정한 건 아니네

선생님 학원으로 가고 있다. 고인해 선생님 학원 말이다. 쇼핑백을 안고 다니다가 이렇게 빈손으로 걸으니 꼭 뭔가를 빠뜨리고 다니는 사람처럼 좀 허전하다. 그 종이백은 선배가 집으로 갈 때 가져갔다. 잘 보관하고 있을 테니 나중에 찾아가라는 말과 함께.

선배가 학교 갈 준비를 하려고 집으로 가고 나서도 나는 줄곧 맥도날드에 있었다. 거기서 늦은 점심까지 먹고 난 뒤에야 그곳을 나와 선생님 학원으로 가고 있는 거다. 아무리 생각해 봐도 집으로 돌아가려면 선생님 도움을 받아야 한다.

나 혼자서 내 발로 집으로 들어가선 앞으로의 내 입지가 한참은 흔들릴 테니까, 그렇게 들어갈 수는 없다. 아빠는 나를 수시로 가출하는 아이, 심심하면 집 나가는 내놓은 아이로 치부할 수 있다. 그리고 그러는 게 어쩌면 아빠에게 면죄부를 줄 수도 있을 거고.

그러나 선생님에게 도움을 요청하면 선생님이 아빠를 부를 테고, 그럼 선생님을 가운데에 두고 아빠하고 나는 서로의 요구사항을 말하고 절충하는 과정을 거쳐 어떡하든 조율이 되겠지.

그런 다음 다시 집으로 들어가야 나도 명분이 서고, 아빠도 내게 함부로 폭력 같은 걸 행사하지 않을 거다. 그 방법밖에는 없다는 게 참으로 속상하지만 미성년인 나로서는 어쩔 수 없는 일이다.

학원으로 들어서 2층 사무실로 가보니 문이 잠겨 있다. 선생님은 수업 중인가 보다. 3층 복도 끝에 있는 강의실로 가봤다. 강의실 가까이로 가니 선생님 목소리가 나를 반긴다. 가슴이 뭉클해진다.

잠시 서서 선생님 목소리를 들었다. 꿀보다 달콤하고 털목도리보다 따뜻하다. 선생님을 엄마로 둔 선생님 딸이 너무너무 부럽다.

'나도 저런 천상의 목소리를 가진 내 엄마가 있었는데….'

그때 강의실 문이 열리면서 선생님이 밖으로 나왔다. 내가 밖에서 서성이는 게 유리창에 비쳤었나 보다.

선생님이 나를 껴안았다. 품이 아늑하다. 내가 마치 알에서 방금 깬 병아리가 된 기분이다.

"잘 했다, 잘 왔어!"

선생님을 마주 껴안고 어깨에 얼굴을 묻었다. 참으려고 해도 말보다 눈물이 먼저 비집고 나왔다.

"죄송해요."

선생님이 손으로 눈물을 닦아주며 열쇠를 하나 손에 쥐어 줬다.

"사무실에 가 있어. 10분 정도만 있으면 이 수업 끝나니까, 알았지?"

콧물을 훌쩍이며 고개를 끄덕거렸다.

"예."

선생님이 강의실로 들어가자 나도 사무실로 갔다. 소파로 가 앉으며 보니 책장에 월간 청소년잡지가 보였다. 최근호로 빼들고 소파로 다시 앉았다.

잡지를 뒤적이고 있는데 나지막한 노크소리가 났다. 나는 아무 대답 없이 잔뜩 경계하는 눈빛으로 문을 노려봤다. 또 다시 노크소리가 나더니 문고리가 뱅그르르 돌아갔다.

문이 열리며 한 남자가 들어섰다. 아빠다. 나도 놀랐지만 아빠도 엄청 놀라는 눈치다. 그런 걸 보면 아빠는 내가 여기 있는 걸 전혀 모르는 상태에서 선생님을 찾아온 거 같다. 의논하고 싶었을 테지. 나란 애를 도대체 어떻게 다루면 좋을지 말이다.

아빠는 나를 유령 보듯 보더니, 화가 잔뜩 난 얼굴이 돼 안으로 들어섰다. 그러고는 다짜고짜 신문하듯 따져 물었다.

"그동안 어딨었어? 왜 연락도 안 하고 사람 걱정하게 만들어. 너 때문에 내가 이게 뭐냔 말이다. 바빠서 돌아버릴 지경인 사람이 이런 일로 이런 델 찾아다녀야겠느냐고."

'그러니까 나 같은 걸 걱정한 건 아니네. 바쁜 사람을 성가시게 만든다는 말밖에 더 돼?'

나는 발딱 일어나 팔짱을 끼고 뒤돌아서 버렸다. 말을 하지 않겠다는 선언이다. 당신처럼 자식 일 따위에는 관심 없는 사람하고는 말을 않겠다는 무언의 압박인 셈인 거다. 무엇보다도 아빠는 내가 말을 안 할 때 제일 답답해한다.

아빠 목소리가 높아졌다.

"어딨었느냐고 묻잖아. 안 들려? 어딨었길래 이제야 여기 나타나느냐고."

"……."

나는 귀를 닫고 눈을 감아버렸다.

아빠가 내 곁으로 다가오더니 내 팔을 꽉 잡았다.

"가자!"

"……."

있는 힘을 다해 팔을 빼내고는 다시 돌아서버렸다.

아빠 목소리가 고함에 가까워졌다.

"도대체 뭐가 되려고 이따위로 행동하는 거야, 엉? 이렇게 막 집이나 나가고 막장 인생처럼 살고 싶으면 앞으로도 그렇게 살아. 안 그러면 조용히 나를 따라 집으로 돌아가든지."

'아빠 땜에 막장 인생 된 사람이 어디 한둘이야?'

아빠 식으로 표현하면, 엄마도 나도 아줌마도 전부 아빠 땜에 막장 인생 된 사람 아닌가 말이다. 그런데 아빠가 그런 말을 해? 그 원인 제공자가 누군데 그러느냐고. 진짜진짜 이건 말도 안 된다.

그리고 엄마하고 아줌마한테는 그게 먹혀도 나한테는 아니지. 나는 절대 안 돼. 난 두 사람처럼은 안 살 거니까.

"내가 뭐가 되려는지 알고나 있어요? 그리고 이렇게 집을 나오게 한 사람이 누군데 그렇게 말을 하냐고요."

아빠가 눈을 심하게 깜빡거렸다. 내 말의 의도를 파악하려는 거 같았다. 아빠는 내 말을 더 듣겠다는 듯 대답을 않고 가만히 나를 봤다.

"……."

"내가 정말 막장 인생처럼 살고 싶었다면 집 주변에서 이렇게 배회하고 있진 않았을 거예요. 멀리…, 아주 멀리 아빠가 진짜로 날 다신 찾지 못 할 데로 벌써 가버렸지."

눈에 별이 번쩍했다. 눈 깜짝 하는 사이에 아빠가 내 뺨을 후려쳤다.

'안 돼!'

또 다시 아빠가 나를 때렸다. 엄마와 아줌마를 그렇게 때리고 밀치고 내던져도 나한테는 손도 대지 않았던 아빠가 한 번으로 부족해 다시금 나를 때렸다. 이건 나도 엄마나 아줌마처럼 그렇게 하겠다는 선포에 다름 아니다.

'지지 않아. 당하고만 있지 않는다고!'

눈에 아무 거도 보이지 않았다. 머릿속에서 활화산이 타오르는 거 같은 분노가 솟구쳤다. 손에 잡히는 대로 아무 거나 내던졌다. 책을 던지고, 쿠션을 던지고, 보드 마카펜과 지우개도 던졌다. 그래도 분노가 잠자지 않는다.

수위를 높였다. 책상에 있던 도자기 물 컵을 던지고, 창가에 늘어선 다육이 화분들까지 마구마구 던졌다.

당황한 아빠가 어디론가 전화를 했다.

"예, 저는 민가온이 가출 신고한 그 애 아빠 민충섭입니다. 우리 애를 찾았어요. 그런데⋯."

선생님한테 하는 줄 알았는데 경찰한테 하는 전화였다.

그러니 그야말로 몇 분 안 남았다. 경찰들이 이 사무실로 들어서는 거 말이다. 그전에 나는 여길 빠져나가야 한다. 그대로 끌려간다면 내가 집을 나오기 이전하고 달라지는 게 하나도 없다. 리셋이 되고 마는 거다.

'최소한 경종을 울릴 필요는 있지. 절대로 당신이 원하는 대로

되지는 않을 거라고 말이야.'

뜻대로 되지 않는다는 걸 알려주려면, 내가 하는 일에 대해 분노를 느끼고 다른 사람들에게 고개조차 못 들도록 해주려면….

책상 위에 놓인 선생님 지갑이 눈에 뜨였다. 손지갑인데 연회색의 장지갑이다.

'당신한테 상처를 주는 방법, 이거 밖에 없지!'

돌아서서 전화를 하던 아빠가 전화를 끊고 돌아봤다. 선생님 지갑을 움켜쥐었다. 그리고는 맹수처럼 앞만 보고 달렸다. 뒤에서 나를 부르는 아빠 목소리가 한참을 따라왔지만, 골목길을 따라 깊숙이 숨어들어버렸다.

아빠가 더 이상은 따라오지 않는 거 같은데, 경찰들이 도착해다 같이 나를 찾으러 다닐 거라 생각하니 마음이 복잡하다.

이렇게 길거리를 쏘다니는 일이 제일 위험할 거다. 어디든 들어가야 한다. 참, 어디든이 아니고 이 지갑에 있는 카드를 쓸 수 있는 데로 가야한다. 지갑을 훔쳐왔고 훔친 카드로 물건을 사는 거니 절도 혐의가 추가되는 거지.

'결국….'

지갑을 들여다보고 있자니 착잡하다. 아무리 그래도 다른 사람 물건도 아니고 하필 선생님 지갑이라니. 선생님은 내 절도 사건에 대한 보호관찰을 하고 있는 분이다. 나는 그 일에 대해 반성

하고 다시는 그런 일을 저지르지 않겠다고 선생님 앞에서 다짐을 했었다. 더구나 이번에 절도를 저지르면 나는 가중처벌 된다.

'선생님, 죄송해요. 정말 어쩔 수가 없어요.'

눈시울이 뜨거워지지만 이를 악 물고 주위를 살펴봤다. 때마침 편의점이 보인다. 재빨리 편의점을 향해 달렸다. 매장 안을 둘러보니 손님이 하나도 없다. 매우 잘 된 일이다.

계산대에도 사람이 없어 매장 안을 살펴봤더니, 젊은 아가씨가 쪼그리고 앉아 진열을 하고 있다가 나를 돌아보고는 다시 하던 일을 한다. 일단 식사대로 가서 앉았다. 앉아서도 선생님 지갑만 자꾸 만지작거린다.

'이제 시간이 얼마 없어.'

멀리 가지 않았다는 걸 아니까 이 일대를 이 잡듯 뒤지고 다닐 거고, 그러면 몇 분 안에 잡힐 수도 있다.

지갑을 펼쳐 봤다. 주민등록증이 있다. 꺼내서 보니 지금의 선생님보다 젊은 선생님이 거기에 있다. 지금도 예쁜데 그때는 더 예쁘다. 쿡쿡 웃음이 나온다. 그때는 화장도 안 했는지 얼굴이 보송보송한 맨얼굴이다. 지금이라고 짙은 화장을 하는 거는 아니지만.

카드도 몇 개 꽂혀 있다. 그 중 하나를 꺼내 들여다보는데 멀지 않은 데서 경찰차 사이렌 소리가 들렸다. 그제야 깜짝 놀라 카드하고 주민등록증을 넣고는 자리에서 일어났다.

'자, 이제 저지르자!'

상처 받아 화가 머리끝까지 치민 아빠를 다시 대면하는 길이라면 기꺼이 나는 저지를 거다. 내 인생을 담보로 하는 게임이라도 해야만 한다.

'눈 딱 감고 하는 거야.'

손에 잡히는 대로 물건을 집어 들었다. 순간 선생님 얼굴, 선배 얼굴이 머릿속에서 맴을 돈다. 도리질을 해도 눈을 꼭 감아 봐도 사라지지 않는다. 그러지 말라고, 안 된다고 고개를 가로젓는 두 사람의 얼굴.

'난 뭐로도 이 복수심을 억누를 수 없어!'

울음이 툭 터져 나왔지만 애써 참고 물건들을 바구니에 담아 계산대로 들고 갔다. 젊은 여직원이 하던 일을 그만두고 계산대로 왔다. 카드를 내밀자 여직원이 계산을 했다.

그 사이에 사이렌 소리가 더욱 가까워졌다. 나는 계산을 끝낸 쇼핑백을 들고 밖으로 나왔다. 그래서는 편의점 문 앞에 서서 경찰차가 다가오고 있는 쪽을 멀뚱하니 쳐다봤다.

울어야 할 시간

경찰서 조사실이다. 조서 작성이 끝나자 경찰이 컴퓨터에서 손을 떼고 나를 가만히 건너다봤다. 아빠하고 비슷한 연배의 남자다. 그런데 왠지 모르게 아저씨도 내 나이 또래 딸이 꼭 있을 거만 같다. 그의 눈길에서 그런 걸 느꼈거든.

경찰은 다 냉정하고 딱딱할 거라고 생각했는데 그렇지만은 않은가 보다. 사건에 관해 물을 때도 정중했고 목소리도 건조하지 않았으니까. 경찰이 고개를 들어 조사실 입구를 한 번 쳐다봤다. 그는 아빠를 기다리고 있는 거다.

경찰서에 올 때 나하고 같이 온 아빠는 내가 진술하는 내내 옆에 있다가 조금 전에 밖으로 나갔다. 변호사를 선임했는데 경찰서 앞에 도착했다는 문자를 받고는 그분을 안내해 오겠다며 나갔다.

아빠하고 변호사가 조사실로 들어왔다. 변호사는 청회색 양복에 회색 체크무늬 넥타이를 매고 있다. 아빠보다 훨씬 젊어 보인다. 내 옆으로 다가온 변호사가 나를 보고 싱긋 웃었다. 나도 조금 미소를 지어보였다.

아빠가 경찰에게 변호사를 소개했다. 그러자 변호사가 명함을 경찰에게 건넸다. 명함을 받아든 경찰이 고개를 끄덕이며 내 왼쪽 옆자리를 권했다. 아빠는 알아서 내 오른쪽에 앉았다.

경찰이 출력해 놓은 조서를 변호사에게 주었다.

"조서 내용을 확인해 보시겠습니까?"

변호사가 조서를 받아들더니 나를 봤다.

"가온아, 대기실에 가서 조금 기다릴래?"

주저 없이 자리에서 일어났다.

"예."

조사실을 나와 대기실 소파로 가서 앉았다. 조사실은 칸막이로 가려져 있는데, 윗부분이 유리로 되어 있어 안이 보이는 구조다. 소파에 앉아서 보면 앉아 있는 사람들 어깨 위 부분이 다 보인다.

아빠하고 변호사가 머리를 맞대고 조서를 읽고 있다. 그런데 아빠가 참으로 수상쩍다. 이번 일이 있고 나서 내내 불안, 불안했었는데 그게 현실이 돼가고 있는 게 피부로 느껴진다. 내가 보고 싶어 했던 그런 모습의 아빠가 전혀 아닌 거다.

고통 받고 부끄러워해야 할 모습은 온데간데없고, 아무렇지도 않고 당당한 모습의 아빠만이 있을 뿐이다. 지난번까지만 해도 안 그랬는데 이번에는 확실히 사람이 달라져 있다. 그러니 내가 의도 했던 거하고는 완전 딴판으로 돌아가고 있는 게 확실하다.

'이건 아닌데….'

그리고 보면 아빠는 이번 사건이 있고 나서부터 조금 전 변호사와 함께 조사실로 들어설 때까지 한 번도 나하고 눈을 맞추지 않았다. 말을 걸지도 심지어는 어떤 거 하나 직접 묻지 않았었다.

'이렇게 되면 나는 뭐야?'

아빠에게 큰 고통을 안겨주려고 한 일이 이렇게 돌아가면 안 된다. 엄마를 그리도 허무하게 가게 한 아빠가 아무런 죄의식을 못 느끼는 걸 생각하면 내 가슴 속에서 철철 피가 흐르는데, 이제는 나에 대해서조차 어떤 부채감을 못 느낀다면 이건 너무도 잘못 된 거다.

변호사를 불러 준 건 고맙다. 그러나 아빠가 변호사에게 내 일을 맡긴 건 나를 도와주려는 의도보다는, 가능하면 이 사건을 두루뭉술하게 해결하기 위해 그를 데려온 걸 거다.

아빠가 이 사건에서 제일 걱정하는 건 나를 때린 거. 그러니까 나를 때려서 내가 집을 나온 데다가, 또다시 뺨을 때려 재범을 하게 된 게 가장 마음에 걸릴 테지. 잘못하면 상습적인 아동학대 혐의를 받고 아빠 또한 조사대상이 될 테니까.

그런 부분을 변호사가 잘 처리해 줄 거라고 생각하는 거다. 아빠가 그를 안내해 들어오겠다며 데리러 나간 점, 조서를 받아들고는 변호사가 나더러 대기실에 가 있으라 한 점, 그런 걸 보면 답은 뻔하다. 나도 이젠 어린애가 아니다. 그 정도 눈치는 있다.

아빠는 나를 못 믿는 거다. 내가 그런 거처럼. 내가 아빠를 미워하고 복수심을 키우고 있다는 걸 아니까, 아빠한테 아주 불리한 말을 할 거라고 단정하는 거지.

'하지만 난 그러지 않을 건데, 아빠는 그거까지는 모르네.'

엄마도 아줌마도 그렇게 아빠한테 당하고 살았지만 아무도 그걸 드러내고 싶어 하지 않았다. 나라고 다르지 않다. 엄마나 아줌마처럼 당하면서 살고 싶지는 않아도, 그걸 만천하에 미주알고주알 드러내고 싶지는 않은 게 내 마음이다. 왠지 모르지만 그런 생각이 항상 내 머릿속에 자리하고 있다.

아빠가 갑자기 고개를 들고 유리 너머로 나를 휙 돌아봤다. 그러면서 뭐라고 말하자 변호사도 나를 돌아봤다. 그러더니 둘이서 마주 고개를 끄덕이며 다시 얘기를 나눈다. 아빠는 웃기까지 한다. 이 상황에서 웃음이 나올까?

아빠 딸인 내가 모르겠는가. 아빠는 어떤 일이 자신에게 유리하게 돌아갈 때 저렇게 웃는다. 기쁜 속내를 드러내지 않으려고 한껏 눌러 참으며, 단지 예의 상 웃는 척하는 그런 웃음 말이다.

'말도 안 돼!'

아빠는 이제 더 이상 내 일을 부끄러워하지 않는다. 내 일로 자신이 공직자 신분임이 드러나는 거조차 두려워하지 않는다.

그렇다면 이번에 내가 한 일은 뭐란 말인가. 치킨 게임을 벌이다가 얻는 거 하나 없이 냅다 달려 나가 자폭해버린 거밖에 더 되나? 기분이 묘해지고 사기라도 당한 듯 황당하다.

주체할 수 없이 눈물이 쏟아진다. 여기가 집이라면 방바닥에 주저앉아 통곡이라도 하고 싶은 심정이다. 꺼이꺼이 울고 손으로 바닥을 내리치며 마구 슬픔을 분출해내고 싶다.

둘러보니 티슈 곽이 보였다. 티슈를 뽑아 와 거기에 얼굴을 묻고 소리죽여 흐느껴 울었다. 말할 수 없이 마음이 상하고 아렸다.

선생님과 선배 얼굴이 차례로 스쳐지나간다. 그나마 나를 믿어주고 미래에 대한 걱정을 해 주던 두 사람. 그들에게 크나큰 실망을 주고 말았다. 더구나 내 앞날을 담보로 미련한 승부수를 둔 거밖에 안 된 상황이 돼버렸으니 하염없이 눈물만 나온다.

'나는 이제 아빠를 이길 수 없어!'

나에 대한 기대를 완전히 접어버린 사람하고 벌이는 게임에서 나는 아빠를 이길 수 없다. 인정하기 싫어도 이건 명백한 사실임을 안다. 어떤 충격도, 어떤 복수도 더는 통하지 않을 거다.

'이제야 이 사실을 깨닫다니….'

나직한 발자국 소리에 고개를 돌려보니 선생님이 대기실로 들어왔다. 선생님은 나를 보고 살짝 웃어 보이며 조사실로 똑바로 걸어 들어갔다. 그러고는 변호사와 서로 명함을 나누고 경찰에게도 명함을 주고서 다시 내 곁으로 왔다.

나는 벌떡 일어나 선생님 품에 안겨 울었다. 내 흐느낌이 커지자 선생님이 물을 떠와 조금 마시게 하고는 앉아서 얘기하자고 했다. 우리는 나란히 앉았다. 그런데 얘기는커녕 그저 눈물만 터진 봇물처럼 줄줄 흘러내렸다.

선생님이 내 어깨를 감싸 안고 내 머리에 선생님 머리를 가만히 갖다 댔다.

"많이 힘들었지? 마음고생 심했을 거야, 알아. 그래서 울지 말란 말은 안 할 거다. 울어, 지금은 네가 실컷 울어야 할 시간이야. 이참에 속에 있는 울음보따리 다 풀어내고 다신 울지 마."

선생님 말처럼 정말 어린아이처럼 울었다. 주위를 의식할 만한 반듯한 정신도 내겐 남아 있지 않았다. 그저 울고, 울고, 또 울었다. 잘못을 속죄하는 마음으로 한없이 울었다. 한참을 그렇게 울고 나자 속이 좀 시원했다. 우는 거도 힘이 된다더니 그 말을 실감할 수 있었다.

정신을 차리고 보니 선생님도 함께 울었는지 눈물을 찍어내고 있다. 나를 위해 울어주는 사람…. 가슴이 얼얼했다.

"선생님, 정말 죄송해요. 다시는 이런 일 없을 거예요. 맹세할게요."

선생님이 내 등을 다독다독했다.

"알아, 네 마음. 무얼 말하고 싶은지, 무슨 뜻인지, 말하지 않아도 내가 다 알고 있어. 그러니까 앞으로 잘 하면 돼. 지난 일 너무 마음 쓰지 말고."

오오, 선생님 말 한마디에 눈이 번쩍 뜨인다. 상처 난 내 마음에 새살이 돋게 하고, 먹구름 속에서 한 줄기 서광이 비치는 느낌이랄까.

이제부터 살아나가야 할 내 삶의 방향성을 암시 하는 말.

「앞으로 잘 하면 돼. 지난 일 너무 마음 쓰지 말고.」

이 말이 내게 이렇게도 용기를 줄 줄이야!

이전에 큰 감동으로 내 가슴에 와 닿았던 선배 말도 떠오른다.

「사람들은 말하잖아. 자살하는 사람들 보면, 그런 용기로 잘 살아보지 왜 그런 선택을 한 거냐고 말이야. 맞는 말이더라. 그런 결심을 하는 데 얼마만큼의 용기가 필요하다는 걸 내가 알잖아. 그 용기를 내가 가야 할 길로 나아가는 데 필요한 에너지로 쓸 거야.」

그래, 나도 아빠에게 무모하게 맞섰던 그 용기를 이제는 내가 가야 할 길로 나아가는 데 필요한 에너지로 써야지.

또각또각 구두 소리가 나더니 아줌마가 들어섰다. 아줌마는 구석 소파에 앉은 선생님과 나를 보고 고개를 까딱이며 아는 체를 하고서 아빠가 있는 조사실로 걸어갔다.

아빠하고 변호사가 돌아봤고 아빠가 조사실을 나와 아줌마에게 귓속말을 했다. 그러자 아줌마가 고개를 끄덕이며 돌아섰다. 아빠는 다시 조사실로 들어가고, 아줌마는 선생님과 내가 앉은 곳으로 왔다. 선생님과 아줌마가 서로 눈인사를 나눴다.

아줌마가 나를 보더니 걱정스레 말했다.

"괜찮아?"

나는 고개만 끄덕거렸다.

아줌마가 들고 온 내 두꺼운 외투를 내게 줬다.

"해 빠지면 추울 거야. 그래서 가져와 봤어."

외투를 받아 무릎 위에 얹어 놓았다.

아줌마가 선생님한테 말했다.

"저는 저쪽으로 가서 앉아 있을게요."

선생님이 몸을 살짝 일으키며 고개를 끄덕끄덕했다.

"예."

반대편 구석에 놓인 소파로 가서 앉은 아줌마가 조용히 아빠 등을 바라봤다. 아줌마 얼굴이 요사이 몹시 야위었다. 스쳐 지나칠 때는 잘 안 보였는데 조금 떨어져 앉아 보니 눈에 확 들어온다.

마음고생이 나보다 심했을 테니 멀쩡한 게 더 이상하긴 하다. 아줌마 성격으로 봤을 때, 내가 그렇게 집을 나가고 며칠 동안 한숨도 제대로 못 잤을 거다. 게다가 아빠가 얼마나 타박을 해댔을지는 안 봐도 훤하다.

집에서 놀면서 나 하나를 못 휘어잡았다고, 내가 갈 만한 데의 연락처 같은 걸 안 알아놨다고, 뛰어봐야 벼룩이지 내가 가 봐야 어디까지 갔겠느냐면서 거리와 가게를 이 잡듯 뒤지더라도 나를 안 찾아본다고, 아줌마를 내내 들볶았을 테지.

'그러니 병든 사람처럼 저렇게 얼굴이 누렇게 떴지.'

거기에 생각이 미치자 나는 자리에서 펄쩍 뛸 만큼 놀라 아줌마를 다시 봤다. 엄마도 저렇게 시작됐다. 힘이 없고 얼굴이 파리해져서 병든 병아리마냥 숨만 쉬는 날이 늘다가 그렇게 된 거다.

'어떡해!'

아빠가 시계를 보며 서둘러 조사실에서 나오더니, 선생님한테로 와 절을 꾸벅했다.

"저는 먼저 가 보겠습니다. 다급한 일이 있어 가야겠네요. 나머지 일은 변호사님이 알아서 처리해 줄 겁니다."

선생님이 일어나며 마주 절을 했다.

"예, 알겠습니다."

아빠가 아줌마한테로 갔다.

"아까 말한 대로 여기서 기다리고 있다가 변호사님이 일러주는 대로 일을 마무리하고는 쟤 데리고 집으로 가 있어. 그리고 내가 알아야 할 게 있으면 잊지 말고 꼭 전화하라고."

그래놓고는 부리나케 대기실을 빠져나갔다. 아줌마도 선생님도 나도 아빠 등을 뻔히 쳐다봤다.

나를 멈추게 해 줘서 고마워요

중졸 검정고시 공부를 다시 시작했다. 그만 둔 적이 없지만 사실 따지고 보면 제대로 했던 적이 거의 없었던 거 같다. 그저 하는 척 흉내만 내고 있었다는 걸 내가 깨달은 거다. 그래서 '다시 시작했다'고 표현해 봤다.

전에는 공부를 해도 외우고 익힌 게 머릿속에 잘 남아 있지 않았다. 오래도록 기억되는 건 아예 없었고, 어떤 때는 책만 덮어버리면 깡그리 잊히는 거다. 금세 누가 지우개로 쓱쓱 지워버린 거처럼 어디론가 휘발돼 버려 그 흔적도 찾기 어려웠다.

그러나 이제는 공부가 잘 된다. 외우고 익힌 게 차곡차곡 머릿속 캐비닛 안에 제자리를 잡고 앉는 느낌이다. 배우는 즐거움도 있고, 계획한 대로 하루하루 진도가 제대로 나가는 게 신기하기만 하다.

무엇보다도 내가 나아가야 할 방향을 잡게 돼 그럴 거다. 이제는 길이 보이니까. 어떻게 살아야 하는지 알 거 같으니까. 그래서 공부하는 시간이 기쁘고 보람을 느낀다.

아빠는 토요일인데도 아침 일찍 출근을 했다. 아줌마가 나지막한 소리로 '다녀오세요.' 하는 말을 내가 들었거든. 요즘 어느 때보다 바쁜 거 같던데, 그래서 일이 끝나도 아주 늦게 귀가하거나 아니면 내일이나 돼야 집에 들어올지도 모른다.

내가 소년분류심사원에 위탁될 거라고 말해 준 건 아줌마다. 아빠가 그렇게 말했다고 했다. 변호사에게 들은 거라며 한 달 정도 심사원에 있으면서 품행 등 환경조사를 진행하는데, 그 결과가 뒤에 이어질 재판에 꽤 영향을 끼친다고 했다.

심사원에서 성실하게 생활하고 조사에 적극적으로 임하는 태도를 보인다면, 상대적으로 가벼운 처벌을 받을 수도 있다는 말도 했단다.

'어떤 처벌이라도 달게 받자.'

그렇게 마음먹고 나니 낯선 곳에 수용되는 서러움을 견딜 수 있을 거 같다. 저지른 죄에 대한 처벌을 달게 받고 다신 이런 일로 인생을 헛되이 보내지 않는 거다. 그렇게 다짐, 또 다짐을 해

본다.

문득 선배가 떠올랐다. 분노, 복수심, 설움, 질투심…. 이런 모든 것을 다 내려놓고 나자 이제는 어느 정도 내 마음이 편안해졌는데, 아직까지 풀지 못한 숙제 하나가 자꾸 나를 번뇌하게 한다.

선배가 내 연락을 기다리고 있을 거라는 생각을 하면 콧잔등에 식은땀이 다 난다. 이번 일이 있고나서 일방적으로 연락을 끊어버렸으니, 아마도 선배는 내가 예의라곤 없는 인간이라 생각하고 있을 테지.

그때 도와주는 게 아니었다며 괘씸하게 생각하고 있을 지도 모른다. 선배가 내 쇼핑백을 가져가면서 나중에 찾아가라고 한 건, '나를' '나의 결정'을 믿는다는 뜻이었을 텐데. 나는 아직 아무런 연락을 취하지 않고 있다. 아니, 실은 연락을 취하지 못하고 있는 거지.

'어떻게 또 절도죄를 저질렀다 말할 수 있느냐고.'

그렇지만 마냥 이대로 있을 수는 없다. 연필을 내려놓고 휴대폰을 집어 들었다. 한참을 들여다보다가 결국 문자를 작성한다.

– 선배, 가온이에요. 이제야 연락하게 돼 진짜 미안해요. 선배하고 그때 헤어진 다음에 좋지 않은 일이 생겨 연락이 이렇게 늦어지게 된 거니까, 내가 너무 예의 없는 사람이라 생각하지 말아주세요. 진짜진짜 사과드려요.

서둘러 전송 버튼을 눌러버린다. 안 그러면 금방 마음이 변해 그냥 지워버리고 말지도 모르니까.

휴대폰을 내려놓고 자리에서 일어나 침대로 벌렁 드러눕는데 문자 도착 알림음이 울렸다. 깜짝 놀라 휴대폰을 열어보니 선배 문자다. 하도 번개 같이 날아온 문자라 가슴이 터질 듯 벌렁거린다.

– 민가온, 너 살아 있었구나. 야, 눈물 날라 한다. 근데 지금 어디야?

눈물이 쏙 빠졌다. 내 근황을 이리 걱정해주는 사람도 있었네. 그래, 내가 헛살지는 않았나 보다. 얼른 답장을 보냈다.

– 집이에요, 우리집.

– 야, 내가 네 연락 얼마나 기다렸는지 알아? 그동안 걱정 엄청 했다, 내가. 어쨌든 집으로 돌아갔다니 이제 안심해도 되겠다. 근데 좋지 않은 일이라니. 무슨 일인지 물어봐도 돼?

– 그런 거 있어요. 하여간 그때 진짜 고마웠어요. 선배 아니었다면 어땠을까, 생각만 해도 아찔해요.

문자를 보내놓고 답장을 기다리고 있는데 전화가 왔다. 선배 전화다. 잠시 고민을 하다가 받았다. 이렇게 되면 숨기고 싶어도 내 여죄를 꼼짝없이 밝혀야만 하는 상황으로 이어지겠지만 다른 도리가 없다.

현관 초인종이 울렸다. 선배가 온 거다. 우리집으로 말이다.

한 시간쯤 전에 선배하고 통화를 하다가 대화를 마무리할 때쯤 선배가 조심스럽게 물었었다.

「너는 지금 밖으로 나올 형편이 안 되잖아. 그러니까 내가 네 집으로 가서 너를 만나도 될까? 네 옷이랑 신발도 돌려줘야 되고 네가 정말로 잘 있는지 확인하고 싶은데….」

나는 의논해보고 연락 주겠다며 일단 전화를 끊었다. 그러고는 생전 처음으로 아줌마한테 선배가 했던 그 얘기를 그대로 들려주면서, 그렇게 해도 되겠느냐며 의견을 물었다.

파르르 떨리던 아줌마 속눈썹이 생각난다. 안구에도 습기가 차오르고 있었다. 아줌마는 그런 사실을 애써 감추려는 듯, 개그맨처럼 조금은 과장스레 어깨를 으쓱 들어 올리며 말했다.

"되지, 당연히!"

그렇게 해서 선배가 우리집으로 올 수 있었던 거였다.

방문을 열고 거실로 나가보니 아줌마가 현관문을 열어주고 있다. 주방에서 뭔가를 만들고 있던 참이었는지, 아줌마는 앞치마를 두른 채 현관 안으로 들어서는 선배를 향해 미소를 지었다.

선배가 예의바르게 인사를 했다.

"안녕하세요, 함새결이라고 합니다."

아줌마도 반갑게 선배를 맞아들였다.

"어서 들어와요. 안 그래도 우리 가온이가 벌써부터 기다리고 있었어요."

우리 가온이…. 나는 이 말만 들으면 뭉클하다. 한없이 가슴이 따뜻해진다.

그러나 우리 엄마가 저렇게 말하면서 저 자리에 서 있다면 나로서는 더 이상 바랄 게 없겠지만, 그런 일은 결단코 일어나지 않겠지. 그렇다면…, 저 자리에 아줌마가 서 있는 거도 그런대로 괜찮다.

선배가 나를 보더니 손을 흔들었다.

"가온아, 나야!"

그리고 나더니 손에 들고 온 케이크 상자를 아줌마에게 건넸다.

"이거…."

상자를 받아들며 아줌마가 생긋 웃었다.

"그냥 오지. 왜 이런 걸 사왔어요."

아줌마가 잰걸음으로 주방에 돌아가자 나는 선배와 함께 내 방으로 들어왔다. 우리는 방바닥에 마주 앉았다. 아줌마가 예쁜 방석을 미리 준비해 줘서 그걸 깔고 앉으니 제법 손님을 맞는 분위기가 돼 아주 기분이 좋다.

선배가 쇼핑백 하나를 내 앞으로 내놨다. 내 옷가지와 슬리퍼다. 나는 겸연쩍어 얼굴이 살짝 붉어졌다.

"고마워요. 그동안 잘 보관해줘서, 그리고 이렇게 선배가 우리 집으로 가져다줘서요."

선배도 쑥스러운지 뒷목을 긁적거렸다.

"고맙긴 뭐가 고마워. 다 할 만한 일이니까 하는 건데."

그러고는 방안을 휘익 둘러봤다. 그리고도 머쓱한지 천장을 보고 벽을 보다가 마침내 내 얼굴을 쳐다봤다.

"얼굴이 상하거나 네가 곤란한 상황에 처한 게 아니란 걸 내 눈으로 보고 나니까 이제야 정말 마음이 놓인다, 내가."

내 얼굴이 노을처럼 달아올랐다. 이런 걱정, 이런 관심, 눈물이 날 정도로 고마운데 얼굴은 붉어질 게 뭐람. 게다가 말까지 한마디 안 나오고 말이다. 참 어이가 없다. 이런, 내 원 참!

"……."

선배가 재빨리 화제를 바꿨다.

"소년분류심사원이라는 데 말이야. 네가 거기 위탁될 거라는 말 듣고 깜짝 놀랐잖아. 소년원 같은 덴가, 하고."

"그렇죠? 나도 첨엔 그렇게 생각했어요. 근데 들어보니까 위탁받은 소년들의 성격, 자질을 분류 심사하는 데래요."

"맞아, 나도 궁금해서 전화 끊자마자 조금 찾아봤더니 네 말대로더라."

"거기서 어떻게 말하고 행동하느냐에 따라 조금 쉽게 이 위기를 넘길 수도 있고, 더 심한 가중처벌을 받을 수도 있다니까 잘 있다가 나와야죠. 그리고 사실 내가 거기로 정말 위탁될 건지, 아니면 다른 처벌을 받게 될 건지는 그때 가 봐야 정확히 알 수 있나 봐요."

선배가 안쓰럽게 봤다.

"하여간 거기로 가게 된다면 조심 또 조심해서 잘 다녀와. 다른 처벌을 받게 되더라도 항상 마음 편히 가지고."

"예."

그때 노크소리가 나고 방문이 열리더니 아줌마가 교자상을 들고 들어섰다. 차와 과일을 가져다 줄 거라고 생각했는데 그게 아니었다. 잡채, 갈비찜, 떡볶이, 거기에다가 선배가 가져온 케이크까지 놓여있다. 그러니까 아줌마는 아까 주방에서 그런 음식들을 만들고 있었나 보다.

그걸 아줌마가 낑낑거리며 방안으로 들고 들어온 거다. 선배가 후다닥 일어나 상을 마주 들어 내려놓았다.

"어머니, 고맙습니다. 잘 먹겠습니다."

선배의 말에 아줌마와 내가 놀라 동시에 서로의 얼굴을 마주 보았다. 아줌마 얼굴에 보일 듯 말 듯 홍조가 돌았다. 나도 겨우 진정됐던 얼굴이 다시 불그스레 물들었다.

"그럼 어서 따뜻할 때 먹어요."

아줌마가 방을 나가며 문을 꼭 닫아주었다. 그리고 나자 선배가 말했다.

"내가 '어머니'라 부른 거 괜찮지?"

나는 고개를 가만히 끄덕였다.

"그럼요."

언제까지 '아줌마'라고 부를 수는 없는 일이다. 그렇다면 '어머니', '엄마'라 부르는 게 당연하다. 그렇다고 단번에 선배처럼 할 수는 없는 노릇이고, 조금 더 때를 기다려야겠다.

선배 엄마가 떠올랐다. 얼마나 노하셨을까.

"선배 어머니는 어떠세요? 그때 많이 놀라셨을 텐데. 그 일로 관계가 더 나빠진 건 아닌지 모르겠어요."

선배가 고개를 가로저었다.

"아니, 달라진 건 아무 거도 없어. 그날 이후 엄마는 나에 대한 건 웬만하면 터치를 잘 안하셔. 앞으로는 나를 믿기로 하셨대. 그때 말이야, 사정이 어떻게 된 건지 알아보지도 않고 못된 아이들로 단정하며 몰아세우는 게 화가 났었지만 잘 말씀을 드렸더니 알았다고 하셨던 거지."

내가 선배 앞에 놓인 수저를 가리켰다.

"우리 어서 먹어요."

"응."

선배가 먹기 시작했다. 나도 잡채부터 한 입 먹었다. 그러고는 꿀떡 삼킨 다음에 선배가 오면 하려고 마음먹었던 말을 드디어 꺼냈다.

"내 인생에 고인해 선생님이랑 선배가 없었다면 어땠을까, 이 일이 있고나서 수도 없이 생각해 봤어요. 고장 난 폭주기관차처럼 더 망가지기 위해 지금도 정신없이 어디론가 달리고 있을 거예요. 나를 멈추게 해 줘서 고마워요."

선배도 휴지로 입을 쓰윽 닦고 나서 내 눈을 깊숙이 들여다보며 말했다.

"나도 그래. 너를 몰랐을 때는 나는 혼자라고 생각했는데 지금은 너라는 동지가 생겨 힘이 나고 든든한 거 있지. 우리 앞으로도 이렇게 서로에게 힘이 되고 의지가 되는 그런 사람 되자."

동지…, 나를 걱정해 주는 '뜻을 같이하는 사람'이 있다는 믿음이 생기면 어디에 있든 힘이 날 거다. 나는 여기에 있지만, 선배가 다른 어떤 한 곳에서 나를 응원해 주고 지지하고 있다는 생각만으로도 마음이 편해 질 거다.

선배가 맛나게 음식들을 먹고 있다. 나도 가만가만 고개를 끄덕이며 내가 좋아하는 잡채로 젓가락을 옮겼다.

한국청소년소설
크라잉 타임

초판 1쇄 · 2022년 9월 30일

지은이 · 한은희
그린이 · 최인령
펴낸이 · 안종완
편집장 · 박옥주
편집부 · 김승현
펴낸곳 · 세계문예
등록일 · 1998년 5월 27일(제7-180호)

주 소 · (우)01446 서울특별시 도봉구 도봉로 109길 78, 101호
전 화 · 02-995-0071~3, 02-995-1177
팩 스 · 02-904-0071

이메일 · adongmun@naver.com
　　　　adongmun@hanmail.net
홈페이지 · www.adongmun.co.kr
카 페 · http://cafe.daum.net/adongmunye

ISBN 978-89-6739-151-5 43810